JN121634

月夜の羊

紅雲町珈琲屋こよみ

nao yoshinaga

吉永南央

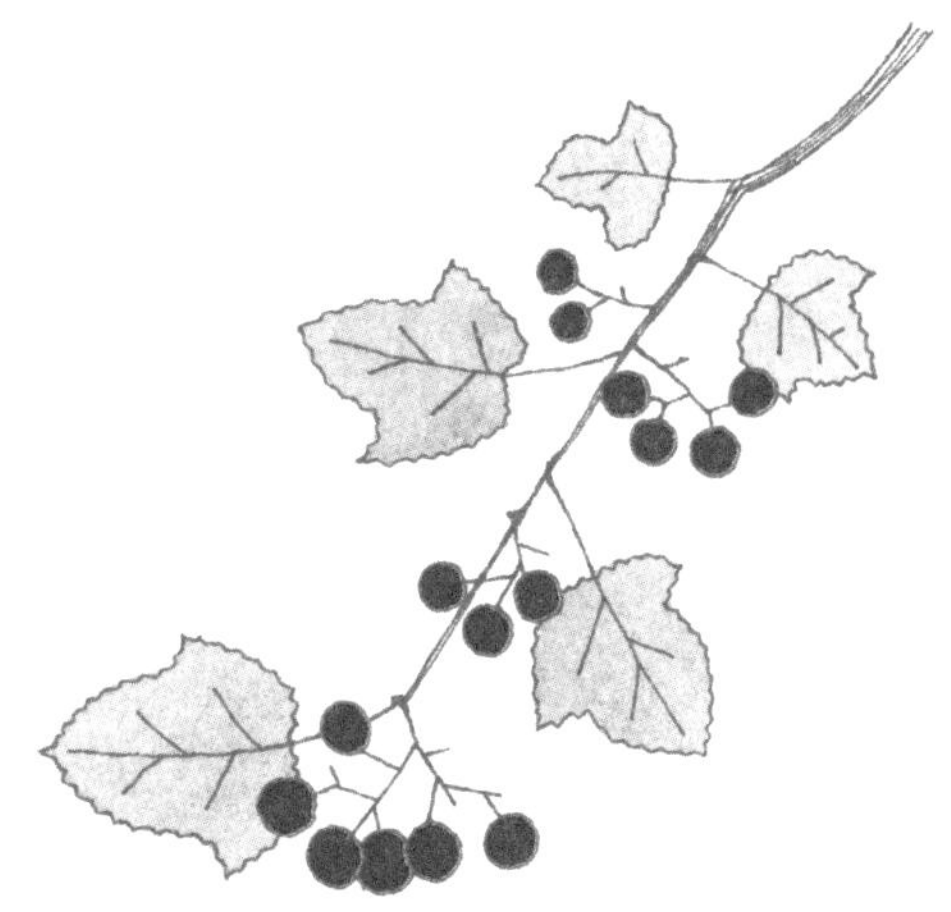

文藝春秋

目次

『月夜の羊』主な登場人物

杉浦草（そう）　北関東の紅雲町でコーヒー豆と和食器の店「小蔵屋」（こくらや）を営む。

森野久実（くみ）　「小蔵屋」従業員。若さと元気で草を助けてくれる。

一ノ瀬公介（こうすけ）　久実の恋人。県内の有力企業・一ノ瀬食品工業の三男。

百々路純子（ももじじゅんこ）　紅雲町の住人。夫とは死別。

百々路圭一（けいいち）　百々路家の息子。会社員だったが離職をきっかけに引きこもる。

河端十和（かわばたとわ）　百々路家の娘。イラストレーター。

渡辺聖（ひじり）　紅雲町在住の中学二年生。母とふたり暮らし。

月夜の羊

装画　杉田比呂美
装丁　野中深雪
本書は書き下ろし作品です

第一章

昼花火

早朝六時半、上空からパンッ、パッパンと乾いた音が響きわたった。

杉浦草は木枠のガラス戸を開け、店先へ出た。縞の紬の襟元を直し、瓦屋根の向こうの丘陵方向を見上げる。九月下旬の青空に、花火の白い煙がとけてゆく。開催の合図だ。紅雲町の中学校では、予定どおり体育祭が行われるらしい。

体育祭、運動会と聞けば、老いても少々血が騒ぐ。朝の日課で歩いて血のめぐった身体に、徒競走の先頭で風を切った昔々の爽快な気分が蘇る。

「暑くなりそうね」

和食器とコーヒー豆の小蔵屋も、普段の日曜以上に忙しくなる。

試飲用の水出しコーヒー。新しいブレンド豆。暮らしを引き立てる、ちょっと面白い器。準備してあるそれらを草は思い浮かべてから、ガラス戸に立てかけてあった紙袋に気づいた。

「なあに、これ」

遅れて思い当たり、年寄りの忘れっぽさに苦笑する。

「まずは飾るとしますか」

拾い上げた紙袋の縁から、枝付きで乾燥させた真っ赤な唐辛子が覗いている。鷹の爪を店の表に置いたという近所の主婦と、朝の日課から帰る途中ですれ違い、礼を言ったばかりだった。

ガラス戸に映る自分と向きあった草は、盆の窪のお団子から小振りのべっ甲の櫛を抜いて白髪をなでつけ、さあて、と気合を入れて店内へ戻る。表の明るさに比べて三和土(たたき)の足元が暗すぎ、一瞬、立ち止まる。漆喰(しっくい)壁や太い梁に、光の残像がちらつく。

カウンターの奥へ入り、草木染めの割烹着をつけ、筒型の片口に赤唐辛子を投げ込んで形を整える。ピリッとした赤が、土もののやわらかな色に際立つ。

ささやかな秋を愛でながら、草は紬の懐にあるメモ用紙の声を聞いた。

《たすけて》

白い紙に黒いボールペンの、力なく乱れた四文字。

メモ用紙は手のひらほどの大きさで、雲の絵のように縁がもこもこと不規則に波打っている。小蔵屋の唯一の従業員である森野久実(もりのくみ)に言わせれば、マンガのフキダシみたいですね、という形だ。

子供とも大人ともつかない弱々しい声はやまず、忘れた頃にまた草を呼ぶのだった。フキダシ形の紙が入っている懐を、草は着物の上から押さえ込む。

運動会の朝の、母のおにぎりが瞼(まぶた)に浮かんだ。

海苔を巻いたのと醬油味の焼いたのが笊(ざる)一杯に並んでいて、いつも多めに持たされる。同じ目に遭う兄と妹に代わって訴えたものだ。こんなにいらない、と。母の返事は決まっていた。いいじゃないの、多すぎたら誰かと食べなさい。母のその決まった台詞(せりふ)を聞くために言っていたようなものだ。小蔵屋も裕福とは言い難かったが、食うに困る貧しい子供がめずらしくない時代だった。

——がんばってね。

思い出の中で、白い割烹着の母が手を振る。まだ雑貨屋だった小蔵屋の前だ。振り返っても、振り返っても、母は見えなくなるまでそこに立っていた。

日用品や裏の畑でとれた野菜を商う両親は忙しく、揃って運動会に来た例(ため)しがなかったし、どちらかが来ても観るべきものを観、参加すべきものに参加するとすぐ帰った。そんな状態だから、母はおにぎりと見送りに力を入れたのだろう。

「がんばってね、か」

口元に皺(しわ)を寄せ、草はきゅっと唇を尖らせる。

鷹の爪を、和食器売り場の片隅に飾る。周囲には、五センチ角の、薬味入れにもなる箸置き。しっかりとした厚みで縁がきゅっと上がり、白系と茶系があって、積み重ねるとオブジェふうの面白さが出る。普通に並べたうちの二枚に、すだち、山椒の赤い実の小さな房をのせてある。すだちは薄く積もった雪の上に、山椒の赤い実は古刹(こさつ)の瓦に落ちたかのよう。小さな景色だが、釉薬(ゆうやく)のかかり具合や窯変(ようへん)により一つとして同じものはない。白い釉薬に点々と散る黒い点を見つめていると、星空を見上げた時みたいに、意味のある形を見出そうとしてしまう。

《たすけて》

また草は、子供とも大人ともつかない声を聞く。

メモ用紙を拾ったのは、おととい金曜の早朝だった。

妙に寒いその朝、草は冬物の引き出しから大判のショールを出し、肩に掛けて日課に出かけた。繰り返し後ろから吹きつけてくる風に首をすくめつつも、カシミアのあたたかくやわらかな感触を恋しがっていた自分に気づいた。人の気配といえば、間もなく出かけるらしい車のドアに、差しっぱなしになっていた鍵くらいのもの。どの家の庭木も風が吹くたびに揺れ、アスファルトには色づいた葉やどんぐりが音を立てては落ちる。楓（かえで）、桜、銀杏（いちょう）、通りすぎてきた塀に這う野葡萄（のぶどう）の葉、名も知れぬ毬（いが）付きの実。歩くリズムで蝙蝠（こうもり）傘をつく道には、刻々と変化する絵画が広がる。一週間ほど肌寒い日が続き、夜もひと月向こうの寒さだったから、いよいよ建物や地面まで冷えて、季節が変わったと実感させられる。

旧スクールゾーンの歩道は緑色の塗装が薄れ、とうに役目を終えていた。また風が老体を追い越してゆき、落ち葉が前方へと巻き上げられて先を競うように舞う。草はその様子に目を凝らした。白い小さなものが草履の脇をすっと飛んでいったように感じたのだったが、見間違いではなく、やはり白いものがひらひらして、左の電柱のところに着地した。蝶？　この寒いのにまさかね。一人つぶやき、そこまで行ってみると、雲のような形をした小さな紙が落ちており、乱れた文字が目に飛び込んできた。

《たすけて》

拾おうとすると、紙は風で先へ飛ばされ、追うとまた吹き飛ばされる。家一軒分ほど急いだ末に、草は蝙蝠傘の先で押さえつけてようやく紙を拾いあげた。変わった形のメモ用紙に、黒いボールペンの文字。書き出しはかすれて筆圧は弱く、最初に目にした時の訴えかけてくるような勢いは、むしろ言葉自体が持つ切迫性によるものらしかった。草は辺りを見回し、これまで歩いてきた道を思い返してみた。見慣れた紅雲町の住宅街に、これといった変化はなかったように思われた。

土手を越えて、ゴルフ場や自動車教習所を抱える広い河原へ下りる。川寄りの小さな祠（ほこら）や丘陵の上の観音像に手を合わせてから、三つ辻の地蔵へめぐってまた合掌する。三つで逝った一人息子、良一（りょういち）の寝顔によく似た地蔵に話しかける。何十年となく続けてきた日課だ。その帰りに同じ道を通ってみたものの、やはり変わった様子はなかった。

空き缶などの拾ったごみは腰籠へ放り込んだが、メモ用紙はちり紙に包んで懐のがま口にしまっておいた。

数時間後、久実が出勤してくるなり、なんだか寒いですね、と言った。

若くても急な寒さはこたえるらしい。もっとも、スキーを楽しむ彼女にとっては雪の季節が近づくわけで、どことなくうれしそうでもある。

だが、この度はうれしそうな理由が他にもあるのだった。

奥の事務所へ上着やバッグを置きにいく久実に、草は三和土を掃きつつ声を張る。

「どう?　荷物は片付いた?」

あっけなく、と開け放ったままの千本格子の向こうから明るい声がした。久実が腰下膝丈の茶色いエプロンを身につけ、バケツと雑巾を手に戻ってくる。黒いセーターに、千鳥格子のパンツ。Vネックから覗く首元にネックレスが光り、艶めいて映る。

「旅行先のホテルに落ち着いたみたいな感じです。公介は元々自分の四駆に載るくらいのものしか持ってないし、私もトランクと紙袋一つでしたから。あのウォークインクローゼットに荷物を入れたら、すっかり完了しちゃいまして」

久実と一ノ瀬公介が同棲を始めた、ホテルのツインルーム並みに整えられた部屋を、草は思い浮かべる。借りる場合には保証人になってほしいと頼まれ、以前、内見に付き合ったのだった。築浅で十八階建ての最上階にある2LDKのうち、バルコニー付きの来客用の部屋を月五万円一年契約で貸し出した夫婦は、現在シンガポールの空の下。賃貸料をローンの足しに回し、予想外の転勤を楽しんでいるはずだ。

観葉植物の世話といった些細な用事をこなすことが賃貸の条件だが、広いLDKはもちろん、キッチン用品や家電、家具のほとんどを自由に使えるのだから、借り手としては安いものだろう。自宅を空ける側も心強い。お金をもらって、空き家管理を頼めるようなものだ。それなりの人が暮らしていれば家はさびつかず、緊急時にも対応してもらえる。

「まあなんといっても、あの部屋は眺めね。空と山」

「下を見るとショッピングセンターや病院だったりするんですけどね。まっ、リビングは広いし、水回りもスタイリッシュだし、高級リゾートのコンドミニアムにいるみたいな感じで、なんだかうちにいながら転地効果でちゃうね、って」

三和土にしゃがんだ久実が瞳を輝かせ、水音を立てて雑巾を絞る。

草も口元がゆるむ。料理しながら笑みを交わす久実と一ノ瀬が見えるようだった。実家暮らしで、かつてスキー選手だった久実。今は家業の一ノ瀬食品工業に勤め、登山を差し控え中の山男。山がつないだともいえる関係は、それこそ山あり谷ありだったが、こうして年寄りの胸まであたためてくれる。

「糸屋(いとや)のほうは？」

糸屋と呼ばれる面白いつくりの古い木造家屋は、これまで一ノ瀬が最低限の管理をするかわりに無料で住んできた。

「十一月から、まず補強工事が始まるみたいです」

「二階がちょっと傾いていたものね」

「ロールケーキ専門店なんていいですよねえ。店内でも食べられるらしいですよ」

「あの寄木の凝った床なら、テーブルと椅子も合うわ」

「外もいいですよね。庭もけっこう広いし」

「そうね。こう、柿渋色のパラソルなんかを幾つか広げて——」

掃除中に、ああでもないこうでもないと人の店のしつらえで盛り上がる。

「それにしても、案外すんなりだったから拍子抜けしたわ」

「決まる時は決まりますね。今まで、なかなか売れなかったのに」

「糸屋じゃなくて、お母さんやお父さんのことよ。よく許してくださったわ」

へへっ、と久実が笑ってうつむき、外へ出て、表側にずらりと並ぶガラス戸の桟を拭き始める。

何をするにも親の許可が要るような年齢ではないが、両親、兄夫婦とその子供たちの三代が暮らす実家に長く、いい娘なのになぜか縁遠いと思われてきた彼女がいきなり同棲となれば、一悶着あるだろうと草は覚悟していた。一ノ瀬の存在を知らされていなかった両親のために、ここはできるだけ安心材料を提供しようと、あれこれ考えていたくらいなのである。だが実際は、あっさり事が運んだ。

「こんなもんなのね」

トラックが店前の駐車場にバックで入ってきた。運転席から運送屋の寺田が降りてくる。よっ新婚さん、と久実を冷やかし、結婚はまだですってば、まったくもうっ、と叱られ、アルミ製の箱型荷台から荷物を抱えてきた。草との挨拶もそこそこに、久実の方を振り返る。

「何よ、娘を取られたような顔して。久実ちゃんでこれじゃ、本番の時どうするの」

寺田には、結婚してもおかしくない年齢の娘が二人いる。

「やなこと言うなあ。うちはまだまだ」

「ありがたいわね。親は子を、いつまでも子供でいさせてくれる」

自分の言い分に太鼓判を押すみたいに、草は受け取り伝票に押印した。

「あー、一杯ください」

悔しそうに言って奥の倉庫へ向かった寺田と、自分たちのために、草は開店前のコーヒーを落とす。果物を思わせる甘さを帯びた香りが、太い梁の走る天井へと立ち上ってゆく。小蔵屋では香りも客を呼ぶ看板だ。コーヒー好きの寺田が戻ってきて、鼻を鳴らす。本日からの目玉商品「秋のスペシャルブレンド」に吸いよせられた顔が、黒光りする古材のカウンターに映り込む。

立ったまま一口啜った寺田が、丸い味ですね、と微笑む。

「もの足りない?」

草の背後にある作り付けの棚――試飲で使う商品のコーヒーカップやフリーカップ、私物の古い蕎麦猪口などが並んでいる――の方へ目をやり、寺田が後味を吟味する。

「おれには、ちょっと軽い」

「やっぱり。本物のコーヒー好きにはそうよね」

苦み、深みが足りないのは草もわかっていた。ミルクと半々にするとまた別のおいしさがあって、と付け加えてみたものの、ちょっと冒険が過ぎたかと唇を引き結ぶ。飲み手を増やせる味を、という試みは失敗に終わるかもしれなかった。

「でも、バランスがいいですよ。うん」

励まされた草は、懐から例のメモ用紙を出して話題を変えた。

拾った経緯を話すと、寺田は眉を開いた。

「子供じゃないかな。なあ、久実ちゃん」

途中から加わってコーヒーを啜り始めた久実が、メモ用紙を持つ寺田の手元を覗き込む。

「マンガのフキダシみたいですね」

「フキダシ？」

「台詞が入る、風船のような枠です」

ああ、あれね、とうなずく二人に向かって、久実が続ける。

「教室で書いたんじゃないですか？　授業中にそういうのをそうっと送りあいますもん。宿題やってないからノート貸してよとか、テストで困ってカンニングさせろとか、そんなＳＯＳ」

「カンニング？」

草が片眉を引き上げると変な間ができ、やだっ、私はしてませんってば、と久実があわてて胸の前で両手を振って否定する。草は寺田と笑った。若いとはいえ学校を卒業して久しい久実が、まだ中高生みたいな口調だったのが可笑しかった。

開店時間となり、店が動き出した。

寒さが人を呼び、訪れた人たちは甘めの香りに引きつけられ、楕円のテーブルとカウンターの二十席ほどある試飲用の椅子を埋めてゆく。平日の昼間は女性客が圧倒的に多く、おしゃべりに花が咲く。

目玉商品の、秋のスペシャルブレンドは、初日からくっきりと反応が分かれた。

大抵、従来からのコーヒー好きは無反応か首を傾げ、若い主婦層は比較的気に入る。前者の多くは基本に返るかのように定番の小蔵屋オリジナルブレンドを買い求め、後者は目玉商品を、中には人にあげる分まで購入するが、期待したほどの量は動かない。

こうもはっきりとは、とつぶやいて肩をすくめた草に、試飲用の器を下げてカウンター内へ入ってきた久実も肩をすくめる。全部言わなくても意味が通じたようだ。

「あーあ、身体が二つほしい」

聞き流すには大きかった声に、草は流しから顔を上げた。声を発したのは、草の真正面のカウンター席に座る五十歳前後の主婦だった。痩身に、少しくすんだピンク系、槿花色（むくげいろ）のたっぷりとしたセーターを着て頬杖をついている。気がかりな何かを見つめている、そんな表情だ。久実も流しに器を置く手を止め、その常連客を見た。一席空けて座る他の客たちは、それぞれの話に夢中の様子。

客との適度な距離を心がけている草は、しかし、この場合は独り言でもなさそうなので声をかけてみた。

「どうしました？」

客は待っていたかのように、草と目を合わせた。

「この間の台風で屋根が壊れて。実家の車庫の」

十日ほど前の台風は関西から東海の辺りをかすめて消え、関東には影響があまりなかった。草はそこまで考えてから、客の実家がそちら方面なのを思い出した。聞けば、名古屋に近い方の岐阜県だという。それでさらに思い出した。一年ほど前だったか、客の一人暮らしだった父親が施設へ入り、実家は空き家になったのだ。急に認知症が進んだものの住み慣れた土地を離れたくないという本人の要望は強く、友人の暮らす施設を選び、運よく入所できた、確かそんな話だった。

「大変ですね。空き家となると」

「連絡がお隣の家からあって。でね、取り急ぎ、便利屋さんをお願いしたんです。先月行ってきたばかりだから、そんなにパートも休めないし」

草は洗いものを続け、客の話を聞く。その便利屋によれば、庭木の腐った枝が大風で落ちて車庫の屋根を突き破り、ポリカーボネイトの尖った大きな断片がぶら下がっていたのだった。屋根の破片を撤去し、庭木の傷んだ枝を切り落として、紅雲町から駆けつけるよりは早く安く対処できた。しかし、問題はこれからだと客がため息をつく。

「やっぱり、プロに頼んだほうがいいのかしら。定期の見回りと庭の手入れ」

「たまには帰るんでしょう」

「ええ。でも、名古屋の施設へ面会に行って、たまっていた用事をうちの方の市役所周辺で済ませて、お墓参りを終えると、その日のうちに実家まで足を延ばす気力も体力もなくなっちゃうの」

面会だけならこちらから近いものの、他の用事を済ませるとなると広範囲に動き回らなければならないらしい。客の視線は、やや上方の左右を行ったり来たり。話すことで頭の中を整理しているようにも見える。

「結局、ビジネスホテルに一泊。翌日レンタカーを借りて、実家まで行って風を通して、掃除して、干上がった排水口から臭いが上がらないようにトイレや水回り全部に水を流して、伸びた枝や草を刈って。その間、今度はこっちの夫や子供が気にかかる」

「お子さんは?」

「男の子。高三と中二。難しい年頃で」

そうですねえ、と草は心から相槌を打った。

「最期に帰りたいと言われたらかなえたいと思うと、家を壊すわけにも貸すわけにも――」

コーヒーグラインダーの音が響いて語尾をかき消す。久実は、とうに別の客に呼ばれて豆を挽いていた。

「あーあ、心もお財布も痛い、痛い。実家が空き家になるって簡単じゃないわ」

自分に言い聞かせる口調だった。それでも壁に話すよりはましなのだろうと思い、草は微笑む。

よしっ仕事行こ、と客が勢いよく立ち上がる。購入した挽き豆の袋が覗くキルティングの赤い手提げを持ち、口角をきゅっと引き上げて笑顔を見せる。

「ぐちってごめんなさい。これでも、他では元気印で通ってるんですよ」

草は「とう」のところがぴょんと跳ねる独特の、ありがとうございました、で常連客を普段どおりに見送った。


平日の夕方になると、下校途中の高校生たちが続々来店する。

大方は近くの高校からで、制服は紺のブレザーに下も紺、白いボタンダウンのシャツ。そこへ他校のセーラー服やチェック柄のスカート、青や縞柄のネクタイがまじる。大抵はグループでやってきておしゃべりついでに店内をひと回りして帰っていき、試飲する生徒は何人もいなかった。

子供たちがムクドリの群れのように押し寄せてきても、フリーカップやコーヒー豆の販売につながることは稀だ。それでも日々の道草の、ここという場所に小蔵屋が入っていることが、草には面白くてならなかった。

おかっぱ頭の女子高生――すぐそこの高校の制服だ――がカウンターで、秋のスペシャルブレンドを色絵の蕎麦猪口から啜る。

「ん？　何だ、これ」

連れのぽっちゃりした女子高生が隣から、無関係な初老の男性客が反対側の席から、首を回しておかっぱ頭の彼女に注目する。男性客の方は、何を言い出すのかと警戒する表情だ。

「苦くない。いける」

「うん、いける。カップの子鹿もいける」

「いける。ディズニーっぽい。かわいい」

「かわいい」

同様にコーヒーを一口啜った連れの女子高生がすかさず同意し、おかっぱ頭の子がろくに器も見ずに会話を続けて、くすくす笑いあう。

まだ高一だろうか。顔つきに子供っぽさが多分に残っている。色絵の蕎麦猪口は草の私物で古く、子鹿は実は龍なのだが、遊び心のある筆さばきのそれは子鹿に見えなくもないので、何でも可笑しい年頃のおしゃべりに草は水を差しはしない。

隣席の男性客は女子高生と草を交互に見てから、理解しがたいものをあきらめるみたいに席を立った。その客の求めに応じて、久実が小蔵屋オリジナルブレンドの豆を挽く。

男子高生たちが、ぞろぞろと店を出てゆく。

「いなくなったってよ」

「誰が」

彼らのうちの一人は携帯電話を見ていた。別にあわてた様子もない。

すると、カウンター席で携帯電話が短く鳴った。おかっぱ頭の女子高生が制服のポケットから携帯電話を取り出し、小さな画面に見入る。

「来ないでしょ、普通。ね？」

画面を見せられた、ぽっちゃりした子が眉根を寄せる。

「このワタナベヒジリって、誰」

「妹のクラスメイト」

「紅雲中か。知らない。知らない」

「あたしも知らない。妹も同じクラスなだけで、仲いいわけじゃないから」

「無断欠席していなくなったって、家出？」

「どうだろ。えーと、天パのベリーショート、右の頬にホクロが三角に三つ……」

首を回して店内を一、二秒見たおかっぱ頭の女子高生が、い・な・い、と言いながら返信のメールを打つ。その間に友人から、知らないのになんで外見がわかるの、と問われ、写真見たから、中学では有名人みたいよ、と答えた。

女子高生の捜し方がなんだか頼りないので、草はカウンター越しに自分で見てみる。

紅雲中学校の制服は、男子は黒の詰め襟、女子は紺のブレザーと襞スカートに臙脂色のやわらかで幅広の蝶タイ。どうかすると見かけるが、学校がやかましいのと、まだコーヒーという年齢でもないのとで、普段から来店数はごく少ない。カウンター向こうにある楕円のテーブル、その左のコーヒー豆のケースが並ぶ会計カウンター付近、それからさらに左奥の和食器売り場の方まで首を伸ばして捜してみたが、臙脂色の幅広の蝶タイも、天然パーマのベリーショートの少女も確かにいなかった。

六時を回り、金曜夕方の混雑が一段落して客が数人になると、久実がカウンターへ近づいてきた。

「紅雲中の女の子がいなくなったみたいですね」

草はうなずき、知った経緯を話した。要点はメモしてある。

「ワタナベヒジリ。天パのベリーショート、右の頬にホクロが三角に三つ、だそうよ」

久実も、子供たちのおしゃべりで知ったと言う。

久実が目を見開いた。何か思い当たったのかと草は思ったが、久実が見ていた方のガラス戸が開いただけだった。入って来たのは、茶色いまとめ髪がほつれ気味の女性だ。入ってきたなり厳しい眼差しを店内にめぐらし、微かな落胆を覗かせ、

「お仕事中に、すみません。そこの橋に近いアパートのワタナベと申しますが、うちの娘を見ませんでしたか」

と、薄手のハーフコートから携帯電話を取り出した。

草は首にかけた紐をたぐって懐から老眼鏡を出した。画面には、聞いていたとおりの少女の顔

があった。知っているような気もするが、はっきりしない。額は広く、水色のTシャツから伸びる首は長く、切れ長のちょっと憂いのある目がこちらを見ている。笑っていない。

「ヒジリさん、中学より上に見えますね」

「ここにホクロが三つ三角の形に――」

声が重なった。

右の頬骨を人差し指で押さえた母親が、もうご存じで、と言い、草は久実とうなずき、見ていないと返事をした。見かけたら連絡すると草は約束し、母親に連絡先を書き残してもらう。白いメモ用紙、黒いボールペン。母親の気持ちが急いたのか、ガラス戸が少し開いたままになっており、今朝と同じような冷たい風が吹き込んでくる。携帯電話番号の上に《渡辺はる美》、下に《聖 14歳》と読みやすい文字が並ぶ。

「朝起きたらいないから、てっきりまた体育祭の朝練か何かだと思っていたんです。そうしたら、学校から登校していないと連絡がありまして」

母親は携帯電話を手早く操作して唇を噛んだ。目ぼしい情報が来ないのだろう。娘さんはケータイを持っているか、制服なのかと草が問うと、どちらにも首を横に振る。

「それが帰ってあらためて見てみたら、制服はうちに。たぶんモスグリーンのフード付きのジャケットと、黒いスニーカーで出かけたと思います。遠出するようなお金もないはずだし……もう、こんなことは初めてで……」

母親は途方にくれたようにうつむき、額を押さえる。草は、おかっぱ頭の女子高生の話を思い出した。聖という少女は校内の有名人と言われていたが、母親によれば親に無断で学校を休むようなことはなかったらしい。

　客は楕円のテーブルに三人。二人連れの若い女性客と、長い時間いる中年の男性客が何回か同情的な視線を向けてきた。

「あっ、フキダシメモ……」

　ふいに久実が言い、母親が顔を上げ、草は久実に向かってそれ以上言わないでと目配せした。例のメモは、少女の住まいがある橋の近くから紅雲中学校へ向かう経路の一つに落ちていたのだった。が、草はいたずらに母親の不安を煽りたくなかった。母親は意味がつかめず、初耳の呪文か何かをもう一度確かめようとするみたいに宙に目を走らせている。

　草は考えをめぐらせた。少女が出かけたのは、夜のうちなのか、早朝なのか。母親の就寝後にちょっとコンビニまで出かけた、そういった可能性もなくはない。仮に夜だったとすれば、もう二晩目を迎えることになる。

　草は穏やかにたずねた。

「警察には」

　不安そうに携帯電話で時刻を確認した母親は、少しの間考え、

「そうですね。この足で交番へ行ってみます」

と、表に停めてあったカゴ付きの赤い自転車で去っていった。最初大きくよろけた自転車は、すっかり暮れた紅雲町の道に消えた。

向かいの自動販売機が白々とまぶしい。

「あとで交番に連絡してみるわ。フキダシメモのこと」

「そうですね。関係ないかもしれないけど、というか、関係ないほうがいいですけど」

中へ戻ろうとガラス戸に手をかけた久実が首を傾げる。

「あのくるくるっとチャーミングなベリーショート、何回か小蔵屋で見てますよね」

「そのはずなのよ。あの様子だと、お母さんのほうもここへ初めてじゃないみたいだし」

少女の魅力的な見た目のわりに印象が薄く、久実は納得がいかないらしい。草も同感だった。

「そうだ、久実ちゃん、よかったら、京都の乾燥ゆば持っていかない？　昨日、割れのお徳用袋に半額シールを貼ってもらえて、二袋買っちゃったの。月末が消味期限」

味噌汁や青菜の煮びたしにそのままさっと加えても、簡単な炊きこみご飯にしてもおいしいと教えると、いただきます、と久実がうれしそうにうなずき会計カウンターへ戻る。

懐で携帯電話が振動した。まだ軒下にいた草はガラス戸を外から閉め、首にかけている紐をたぐって携帯電話を取り出した。冷たい風に、思わず襟元を合わせる。電話は由紀乃（ゆきの）からだ。

「草ちゃん、今、忙しい？」

「ううん。なあに？」

「すだちをたくさんいただいたのよ。よかったら、時間のある時に取りに――」

ガタンッ、とものすごい音がした。

電話の声が途絶えた。草は携帯電話を束の間（つかのま）にらみ、その後繰り返し由紀乃を呼んだものの返事はなく、その大声に久実がガラス戸を勢いよく開けた。

草は駆け出した。小走りと早足を交互に、老体を保てるぎりぎりの最速で。

——由紀乃さんの様子が変なの。とにかく行ってみる。あとをお願い。悪いわね。

最後のほうを言った時には、もう店前の駐車場を突っ切り、道路に出ていた。車のヘッドライトに目がくらみ、クラクションに脅かされる。家々の明かり、青白い外灯が揺れに揺れる。ほつれた白髪が横風になびき、視界を邪魔する。心臓は痛いほどバクバクし、息は上がり、やがて耳の奥がドクドクと今にも破れそうな音を立て身体が悲鳴を上げ始めた。なぜか記憶の彼方から、白い割烹着の亡母が手招きする。違う、違うわ、手を振っているのよ——草は一瞬きつく瞼を閉じる。たすけてのフキダシメモがちらつき、いやな予感を増幅させる。あれはこの凶事の前触れだったのか。左半身に麻痺を残した一度目の脳梗塞、そのあと度重なった小さな脳梗塞。入退院を繰り返してきた幼馴染みのあの日この日がよぎる。

ドアの鍵を開ける手が震え、バリアフリー住宅の広い廊下でよろめいた。病を得てから建て直した家のあっけらかんとした明るさが、今は不当なもののようで腹立たしい。

由紀乃さん、と呼んだ。が、息が整わず、まともな声にならない。リビングダイニングへ飛び込んですぐ、草は横壁にもたれて自身を支え、突き出した首を右から左へぐうっと回し、由紀乃を捜した。今ふうのキッチンのありさまを見た途端、腰がくだけてへなへなと壁際に沈み込んだ。

由紀乃は流しに右手をついて立ち、こちらを見ていた。

こわばった左腕を、いつものように胸のところで折りたたんだ格好だ。血色も悪くなく、ふわふわして耳にかかる髪、楽そうなツーピースの部屋着にも乱れはない。

「草ちゃん、ごめんなさいね」

丸眼鏡の丸顔が、すまなそうに下を見る。

床には多点杖が倒れ、落ちている小振りな箱から直径三センチほどの緑色の実が流れ出るように散らばっていた。

「今ね、大怪我しないで、どうやって事態を収拾するか考えていたところなの」

確かに、健常な右半身のみを頼りに体勢を整えるのは難しそうだった。うっかりすだちにでも足を乗せれば、骨の一本や二本折りかねない。

「それにしたって電話は？　返事は？」

こっちの気も知らないでと草は怒って言ったつもりだったが、息が苦しく、はふはふして迫力に欠けた。由紀乃は顎を使って、流しの中を指し示す。

草が唾を飲んで喉を潤し、四つ足から二足歩行に進化する過程のような歩き方でよろよろとそこまで行ってみると、洗い桶の水の中に固定電話の子機が沈んでいた。

「ふーん」

チリリン、と表で自転車のベルらしき音がした。

電話中にすだちを箱ごと落とし、あわてて多点杖も倒し、さらに子機を水没させてしまったのだろう。草は気が抜けてしまい、こみ上げてくる可笑しさが堪えられなくなってきた。安堵と笑いで涙目になり、やはり笑いだした親友の丸顔がにじんでくる。

「私たちの毎日って、スリル満点」

「まったく命懸けね」

多点杖を拾って手渡し、紙箱にすだちをかき集め、水の滴る子機を顔の高さで眺めるうちに、草の胸はしんとする。やがてこれも思い出になり、その思い出も記憶の消滅、あるいは生の終わりとともに消え失せる。それでも、いや、だからこそ、今日この時の無事に感謝せずにはいられない。

「お店のほうは？」

「こんな時間だし、久実ちゃんに任せてきたわ」

キッチンカウンターの向こうのソファに落ち着いた由紀乃が、お鮨でも取りましょうよ、ご馳走させていただきます、と言う。草は久実へ電話で報告した。途中からスピーカー状態にして三人で話す。

「由紀乃です。すみませんでした、心配させて」

「いえ。よかったです。お草さんの激走、すごかったですよ」

久実の冗談に、くふふっ、と由紀乃が笑う。

「あのね、これからお鮨でも取ろうかと思うの。よかったら、久実ちゃんも来ない？」

「あら由紀乃さん、久実ちゃんは引っ越したばかりだから、ほら」

あっ、と由紀乃が口元を押さえた。すぐさま思い出したのだ。草はうれしかった。由紀乃は脳梗塞のせいで記憶力があやしくなったものの、久実と一ノ瀬のことについては比較的よく覚えていた。幸せな気分が良薬なのかもしれない。

「そうでした。じゃ、一ノ瀬さんによろしく」

電話の向こうのもじもじした様子に、草は由紀乃と顔を見合せる。

「というわけで、お店は平気ですから。乾燥ゆばも、しっかりいただいて帰りますし」

「明日は、すだちをどうぞ。今夜、由紀乃さんに頂戴して帰るから」

「重ねがさね、ごちそうさまです」

壁掛けのカレンダーの昨日には、赤い大きなハートマークが記入され、さらにその中に「久実ちゃん」と書いてある。

草の脳裏に、フキダシメモがまたよぎる。

《たすけて》

少女の母親は、まだ交番にいる頃だろうか。

電話を終えた草は、携帯電話に登録してある鮨屋へ先に出前を頼み、頃合いを見計らってから交番へ連絡を入れた。電話を聞いていた由紀乃は、なんだか大変な一日になってしまったわね、と申し訳なさそうに肩を落とし、好物の穴子の握りを草へ譲ると言ってきかなかった。

由紀乃宅からの帰り、草は夜道に十四歳の少女の姿を捜した。足元にも、なんとなく目を配る。同様のフキダシメモがもう一枚、あの道で別の住民に拾われ、すでに交番に届けられていると先ほど警察官から聞かされた。道は違うけれど、他にも手がかりになるような何かが落ちていないとも限らない。

もう九時を回っている。

いつもならもっと静かなはずの紅雲町に、自転車や徒歩の人々が行き交い、パトカーのサイレンが近づいてくる。

草はフキダシメモを届けようと交番へ立ち寄ってみたが、無人だった。電話で言われたとおり、明日の警察官の立ち寄りを待とうと踵(きびす)を返す。

引き返そうとした草の前に、左右から自転車の少年二人が現れ、ブレーキ音を短く響かせて止まった。

「スニーカーが見つかったって、どこ」

「河原」

「ちっ、逆かよ」

右の眼鏡の少年がサドルに跨がったまま地面を蹴って自転車の向きを変え、左の黄色っぽいトレーナーの少年は先にペダルをこぎ出した。

「つーか、マフラーじゃねえの?」

「なんか、マジ深刻?」

「深刻だから、警察が動いてるんだろ。シルバーの怪しいバンが目撃されてて、誘拐とか、どっかで監禁されてんじゃねえのとかって話――」

自転車は土手の方向へ走り出し、話し声は遠ざかっていく。

草は帰ることにして歩きだした。だが、行く手の十字路を左から右へ横切ってゆく主婦二人連れ、自転車の少女たち、軽自動車を次々見るうちに、足が河原へと向いてしまった。

土手際の薄暗い道には、車や自転車が何台か停めてあった。草はその間を抜けて土手に上がった。捜索はまだ、近所の人たちが自発的に協力している規模のようだ。土手の舗装された道にはぽつぽつと人がおり、誰もが左の二百メートルほど上流にある長い橋の方を見ていた。広い河原に一点、車数台のヘッドライトに照らされた場所があり、人だかりが黒く浮かび上がっている。中ほどの橋桁の手前に広がる、川辺の砂地だ。土手の上には顔見知りの姿もあったが橋の方に目が釘付けで草には気づかず、大人も子供も黙りこくっている。沈黙が不安を増幅させる。

その夜、草は少女の無事を仏壇に祈ってから床(とこ)についた。

なかなか寝つけなかった。夜のしじまに、水の事故で先立った我が子を思い、人伝ての訃報が届いた時の衝撃が蘇って身をかたくした。


寝不足で迎えた土曜は、心なしか客の出足も鈍かった。

それなりに客が増えてきても試飲用の席に空きがあり、一人座れば一人立つといった調子で満席にはならない。

カウンター内を拭いた草は、自分のノートパソコンの下から二つ折りの千円札が覗いていることに気づいた。閉じてあるノートパソコンはカウンターの客から見えないところに置いてあり、千円札には覚えがなかった。手にとって広げてみると、黄色い付箋が貼ってある。

《林様（男性）　39‐99　バン（シルバー）　コーヒー代？》

久実が書いたものらしく、昨日の日付と閉店時刻が添えてある。

草は首を傾げた。どうかすると時折、試飲と知らずに代金を払おうとする人がいる。カウンターの隅に立ててある「試飲はおひとりさま一杯限り」の木札も目障りにならない大きさにしてあるので、この人も気づかなかったのだろうか。

「すみません、それ忘れていました」

いつの間にか、横に久実がいた。

「外まで追いかけたんですけど、車が行ってしまって」

千円札はテーブルの上に置いてあったと言う。

「名前、よくわかったわね」

「帰り際に電話に出て、はい林です、って」

「そう」

他の客の手前、草はメモ用紙を引き寄せてこう書いた。

《テーブルにいた中年の人？》

久実がうなずき、寺田さんのユニフォームみたいな作業着の、と小声で付け加える。

《長居して何も買わなかったからかしら》

幾らとも訊かれなかったことに思い至ったらしく、久実が納得した様子で数回うなずく。草は黄色い付箋に《作業着》《約2時間》《聖さんの母と居合わせる》と書き加えた。久実が怪訝そうな顔を向けてくる。

「あの、何か……」

「今度みえたら返せるわ」

付箋を表側にして折り直した千円札をクリップ式マグネットに挟み、隅の目立たない場所へ貼りつける。その隣には、渡辺聖の母親が書いた連絡先が貼ってあった。

――シルバーの怪しいバンが目撃されてて。

昨夜の自転車の少年たちの話が思い出されたが、草は口にしなかった。

開店して小一時間が過ぎた。

近所の住人も複数いるが、一向に渡辺聖のその後について話し始める者はいない。

秋のスペシャルブレンドを試飲した客は、立て続けに小蔵屋オリジナルブレンドを買って出てゆく。草は試飲の器を下げ、久実と笑みを交す。なかなか商売も思うようにはならない。肌身にしみていることをまた実感させられ、表に目を転じた。きゃっきゃっと楽しそうな声がしていた。

紅雲中の女の子三人が駆けてゆく。制服が一人、あとの二人は学校指定の体操着。襟と袖口だけ臙脂色になっている、紺色のスポーツウェアだ。客の間から、あら学校なのね、体育祭かな、と聞こえてきた。

紅雲中の体育祭は明日だから、土曜の今日は準備や練習なのだろう。

厚い雲の広がる曇天のせいか、このところなかったあたたかさだ。

カウンター内へ戻った草は器を流しに置き、顔を上げて、ぎょっとした。

さきほどの女子中学生三人が軒下にいて、ガラス戸越しに目が合った。その途端に、制服の子が草に向かって両手を合わせ、隣の体操着の子が右手でチョキチョキ切る仕草をし、もう一人が手招きをする。よく見るとそれぞれが、お願いします、ハサミ、来て来て、と声を発さず口のみ動かしている。読唇した草が、厚紙からタオルから何でもござれの自慢の鋏(はさみ)を取り出して見せると、似た背格好の三人が大きく何回もうなずく。コーヒーグラインダーが唸りをあげる。豆を挽く久実が少女たちに気づいたのは、草がガラス戸を開けにいってからだった。制服の少女はスニーカーから片足ずつ抜いては白い靴下を脱ぎ、手招きをした少女がその白い靴下を重ねてぴんと張るようにして持ち、鋏を持った真ん中の少女は履き口から五センチほどのところを勢いよく断ち切った。制服の子が短くなった靴下を履くと、三人は口々に礼を言って駆け出した。やだーずれ落ちるー。土曜なのにさ、なんで校長来るかなあ。よく紺のクラウンに気づいたよ、ミホえらい！　草の手に鋏と白い靴下の切れ端が残った。

店内へ入った草が会計カウンターにいた久実にさりげなく靴下の切れ端を見せると、イカリング、と声がかかった。豆を購入していた主婦が言ったのだ。試飲中の客からくすくすと笑いが漏れ、草も久実と肩をすくめて微笑む。カウンター席の三十代だろう女性客が、笑いの意味がわからない連れに説明を始めた。

「紅雲中は、靴下丈が十五センチ以下。校則が厳しくなったの」

「折り返せば？」

返事は、見つめ返すだけ。靴下を折り返して許されるものなら、切り落としはしない。

「にしても、ここまで入ってきて鋏を借りなさいって話でしょ?」

「通学途中の道草も禁止」

「はあ?」

ぷっと、カウンターの壁際にいた若い女性客が噴き出した。つば付きで風船のように膨らんだ、ベージュ色の帽子が可笑しそうに揺れる。斜め裾のカットソー、穴開きのジーンズ、踵の低いパンプスとどれも黒っぽくまとめ、おしゃれが好きそうな客だ。笑いが客から客へ広がる。寄り道禁止の校則についても、小蔵屋の店内に入らなかった生徒たちはかろうじて守ったことになるのだろう。

草は孫の先行きを憂うような気分で倉庫まで行き、靴下の切れ端を干菓子の空き箱へ放り込む。春に初めて客の話題に上ったイカリングは、この周辺で拾われただけで二十ばかりたまり、生真面目さと馬鹿馬鹿しさの嵩(かさ)を増している。だが、鋏を貸したのは今日が初めてだった。

行方不明の少女の一件は、一体どうなっているのだろう。気にはなったが、今し方の生徒たちにたずねはしなかった。あの子たちが騒ぎを知っているとは限らないし、子供にたずねるのも憚(はばか)られる。

戸を開けてあった倉庫へ、寺田が荷物を持って入ってきた。

「こんにちは。無事でよかったですね」

挨拶を返した草は、荷物の置き場所を仕草で示す。

「まあ、あれだけ走ったのは久し振り。心臓が破れそうだった」

「捜して？」

「由紀乃さん、流しのところに立ってたの」

「まあ普通、家出ですよね」

かみ合わない話に、顔を見合わせる。草は先に問いかけた。

「紅雲中の女の子、家出だったの？」

「ええ。本人が外に久実ちゃんを呼んで、お騒がせしましたって言ってましたよ」

久実のサインした伝票を、寺田が見せる。その場に居合わせたらしい。草は店の方へ急いだ。

由紀乃さんはどうかしたんですか、と後ろから問われ、そちらも無事だったのよ、と答える。千本格子の戸を開けた草に、久実がそっと近寄ってきた。それらしい女の子は、店内にもガラス戸の向こうにも見当たらない。草は努めて声をひそめた。

「あの女の子、来たの？」

「いえ、いたんです。びっくり」

久実がガラス戸の外の駐車場へ目をやった。その視線の先に、ベージュ色の帽子が小さくなってゆく。壁際のカウンター席にいた客だ。

草は見間違いかと目を瞬(しばたた)いた。

「大学生くらいかと思ったわ」

「メイクしてましたしね」

「家出だったんですって？」

「というか、東京の父親のところへ行ったんだそうです。行先を書いた紙に母が気づかなくて、って。店長さんへお騒がせしましたとお伝えください、と。しっかりしてます」

草は感嘆と安堵のため息をついた。

怪しげなシルバーのバンや、河原で見つかったというスニーカーだかマフラーだかも無関係だったと思うと、胸がすっと軽くなってくる。横で寺田が待っていたが、由紀乃についての説明は久実に任せた。

気温が高くなって半袖が増えてきた午後、交番から電話が入った。

「昨日は、ご連絡をありがとうございました」

「無事だったそうですね」

草は、少女本人が挨拶に来たと報告した。

「そうでしたか。お母さんにも申しましたが、多感な頃ですので大目に見ていただければ。ご協力ありがとうございました。失礼いたします」

「よかったですね。では」

草は事務所で受けた電話を切り、和食器売り場へ戻る。何か忘れたような気がして、昼間でも電灯をつけている三和土の通路を振り返ったが、事務所の戸は閉めてあり、手には商品を持っていた。片口の浅鉢を贈り物にしたいという客を待たせ、在庫を倉庫から取ってきたところだった。

客の好んだ展示品の、砂糖衣をかけたような粉引（こひき）の他に、あたたかみのある独特な麦藁（むぎわら）色のものを見せる。無国籍と言ってもよい色合いだ。こちらは口縁より胴がやや大きく、真横から見た時のてっぷりとした形が面白い。

その角度から眺めた客の瞳が輝いた。

「かわいい。でも、媚びてない」

結局、飾り棚に置いてもいいからと客は気に入り、こちらの片口浅鉢を求めた。もてなし好きで広い新居に越したばかりの女友だちに贈り、また仕事帰りにごちそうしてもらうのだと微笑む。この商品のほうが安いのだが、草の心は弾む。一点のみ仕入れて今日届いたばかりの品が、友人同士の気の置けない時間を彩り、器作家の励みになるのだ。草は早速、滋賀南部で何年か前に開窯した彼に電話をかけ、同じ器を注文する。

「そんなわけで、もう売れてしまいました。展示する間もなく」

「かわいい、ですか。意外です」

ほとんど、心外です、と聞こえる。

無口で頑固な彼は多治見の窯元から独立する際、妻から離婚を迫られ、それを呑んだという。京都の展示会を訪れた兄弟子から、草は聞かされた。

「今回のかわいいは、手応えありましたけどね」

彼の硬い心を、やんわり突ついておく。ついでがあるからと彼が滋賀の工房から京都市内まで車で送ってくれた折に、湖西の比叡山にある穴場から眺めた琵琶湖。あの広大な青い輝きが忘れられない。そこは誰もいない草地で、空と湖に向かってせり出した場所だった。単にホテルへ帰るつもりでいたから、何でもない日のプレゼントみたいにうれしかった。それがどれほどの遠回りでも、苦にも口にもしない男なのだ。

　発注の電話を終えないうちに草は呼ばれ、今度は慎ましい結婚式の引出物を用意する。印象的で、邪魔にならず、高く見えるもの（！）を七個だけ。奨学金の返済を抱える二十代のカップルの要望に知恵をしぼる。予算は、商品展示に使っている私物の隅切盆一枚に満たない。建築士は条件の厳しい狭小住宅ほど腕が鳴ると聞いたことがあるが、草もわからないではなかった。また倉庫を往復して、白磁の盛り鉢を勧めた。

「在庫が五つ、あとは取り寄せで、来週中にはご用意できます」

　高さ約五センチの器は、縁が丸みを残した不等辺五角形に切り取られて成形されており、切り口がモダンな印象を、適度な厚みが日常使い向きの安心感を与える。長径は二十センチ弱。ラーメン丼に重ねてしまえる大きさ。他の器や料理の種類を問わず食卓を引き立てる。有料の化粧箱、無料の包装紙とリボン数種類も添えた。正直なところ、これ以外に要望をかなえられる品が思い当たらない。比較商品として、染付葡萄文の楕円鉢を並べる。片側から伸びる葡萄唐草の筆さばきが繊細かつ大胆で、器の細長い形状が目を引くものの、その三十センチある長さが収納時の難点にもなり得る。今回ばかりは、白磁の盛り鉢の引き立て役だ。

「かっこいいね、この白いの」

「そうね。でも、こっちの葡萄の模様も素敵じゃない？」

「だけど、この長さ。どうだろ」

　こうして引出物を選ぶひとときも、結婚前の楽しい思い出になるのだろう。ゆっくりご検討ください、と草はいったん下がり、試飲待ちの客のためにコーヒーを落とす。カウンター席を立った初老の客が、小蔵屋オリジナルブレンドを購入する。次に立った栗色の髪の中年女性も。秋のスペシャルブレンドの試飲が、定番の豆を売るのだ。予想外の成り行きに、草は小さく息をつき、試飲用の蕎麦猪口やフリーカップを片づける。そうこうするうちに、器を選んでいたカップルに呼ばれた。

「葡萄柄のほうにします」

　女性の言葉に、えっ、と出かかって呑み込み、平静を装ってうなずく。やわらかそうな白い頬にえくぼが浮かび、彼女の横顔に大柄な彼が目を細める。楕円鉢の長さについて念を押したが、選択は変わらず、草は在庫で足りる楕円鉢の包装にかかった。客は手作りのカードを添えるという。柿色の包装紙と焦茶色のリボンを選び、エルメスみたい、と笑みを交わす。それならなおさら白磁のほうが適当のような、などと余計なことを思いつつ、草も微笑む。試飲の客が数人立って、新しい客が座る。いつの間にか満席だ。草はレジを打ち終わった久実に残りの包装と会計を頼み、試飲用の器を下げ、また新しくコーヒーを落とす。秋のスペシャルブレンドはともかく、開催中の『ちょっといい、うつわ展』については概(おおむ)ね好評のようでほっとする。手の出る価格で、暮らしに張りを与えてくれ、飽きのこない商品として、片口の浅鉢や白磁の盛り鉢などを集めてみたのだった。ラジオが秋のクラシック特集から天気予報に変わり、明日は夏日の可能性もあると伝える。いらっしゃいませ、ありがとうございました、を繰り返し、久実と融通し合って接客するうちに多忙な土曜は暮れ、草は閉店後に明日のための水出しコーヒーを用意。夜は床につくと、吸い込まれるように眠りについた。

そうして翌早朝、体育祭開催を告げる花火が鳴り響いたあと、草はあの声を聞いたのだ。

《たすけて》

カウンター内で割烹着をつけ、筒型の片口に投げ込んだ赤唐辛子を眺めつつ、紬の懐にあるメモ用紙の声を聞いた。

フキダシメモの力なく乱れた四文字。

やがて午前十時となり、店を開けた途端に客が引きも切らなくなった。子や孫を応援しようと体育祭を訪れ、その行き来や合間に来店する人たちも多い。開業祝い、法事のお返し、快気祝い。草は人々の間を縫って歩き、昨日以上の接客に追われる。臨時のアルバイトを頼んでおいてよかったと息をつく。暑い。一昨日の寒さが嘘のようだ。カウンター内の小窓から青空を見上げ、額の汗を拭う。紅雲中の方から、体育祭らしい軽快な音楽が流れてくる。あの少女も参加しているのだろうか。

《たすけて》

子供とも大人ともつかない弱々しい声が、忘れた頃にまた草を呼ぶ。

「お草さん、お願いしまーす」

久実の声にハッとして、草は仕事へ戻る。頭の右隅のほうに、もやっとした何かがいつまでも残っていた。なんだか、ずっとこうだったような気がする。今朝起きた時から？　いいえ、もっと前、昨日布団に入った時も。違う。交番からの電話を終えた時、あの時からずっと、このもやっとした何かを感じていた――草はコーヒーの粉に湯を含ませて蒸らす間、あるいは客の求めに応じて色違いの器を探す合間、途切れ途切れに考える。考えてみれば、それは単純な話だった。

――よかったですね。では。

最後に警察官へ言った、自分の言葉が引っかかっていたのだった。本当によかったのか。フキダシメモは、別の住人にも拾われていた。つまり、二枚落ちていた。あの緑色の塗装が薄れ、道路が整備された今となっては役目を終えてしまったスクールゾーンで。たとえ、あの少女に関係がなくても、それは事実なのだ。

古いスクールゾーンの歩道に入る。

しばらくすると、後ろからタッタッタッタッと足音が迫ってきた。ジョギング中の黒い帽子の男が、道の真ん中を駆け抜けてゆく。半袖姿だ。時折見かける人で背が高い。いったん右側へ寄ったものの、先の塀越しに伸びる庭木の枝を避け、道の中央へ大きく膨らむ。

左に右に家を見ながら歩く婆さんを不審に思ったかも――草は、母のお古である大島紬の胸元に手を当てる。理由は懐のがま口に入っている。早々と寝たせいで、夜明け前に目が覚めてしまった。寝るのにも体力が要り、若い時分のように長くは眠れない。残った疲れに身体が軋む。金曜に由紀乃宅まで走ったせいか、多忙だった土日のせいか。それでも、動くうちに少しは楽になってくる。河原や三つ辻の地蔵をめぐってきたが、まだ日は昇り始めたところ。辺りは朝焼けに染まっていた。

左に、「貸家」の管理看板をかけた南京錠付きの門扉。そこから三軒隔てたところに、くたびれたチラシが幾枚も玄関サッシに挟まったままの二階屋。よく見ると、空き家が増えている。悪事に空き家は利用されがちだが、二軒とも人の出入りした痕跡は見当たらない。いずれも、かつては独居の高齢者宅だった。

草は必要箇所のみ拡大コピーしてきた名簿と地図を広げ、二軒の空き家に印をつける。名簿と地図は十年くらい前、町内会が六十歳以上の一人世帯が一目でわかるように、災害時の安否確認等に利用する目的で作成・共有したものだ。個人情報保護法の施行やプライバシーの問題から、現在は行政に任せるようになった。よってこれはずいぶんと古いが、この地区の無事を確認する手がかりにはなる。

草は右側の歩道へ移り、黄土色の土塀の前に立った。

小柄な草よりやや高い土塀の上には野葡萄の蔓(つる)がこぼれるように這い、深緑の葉、赤味を帯びた蔓、黄緑から紫へと色を濃くする数々の丸い実が目に楽しい場所だ。特に今の時期は、実が熟す途中の水色や青まであり、様々な色が房となって美しい。

「ここも、お一人だったのね……まだ七十くらいかしら」

地図に「百々路(ももじ)」、名簿に「百々路純子(じゅんこ)」年齢六十とあるとおり、御影石の表札にもその姓が刻まれている。

草としては直接の付き合いがなく、町内会の集まりでも見かけない人だ。ジョギング中の長身の男が避けた庭木の枝は、百々路家の敷地の向こう隅にあり、土塀を越えて歩道へはみ出していたのだった。土塀に門扉はなく、かなり伸び放題の草木が取り囲む広めの庭の、手前側に水色の小型車が停めてある。

その小型車には、車の鍵がついたままになっていた。

草は水色の小型車に吸いよせられた。この前も見た、そう思った。前回ここを通ったのは、フキダシメモを拾った金曜早朝。もう三日も前のことだ。運転席のドアに顔を寄せる。鳥の糞が真上から白い筋となって、窓ガラス、茶色い四角の革製キーホルダーへと垂れ落ち、すでに乾きっている。真上には桜の枝。

土塀裏を見ると、ビニール包装の通販カタログらしきもの、数日分の新聞などが落ちていた。塀に備え付けの郵便受けに詰め込まれ、はね上げ式の取り出し口を押し開けてしまったらしい。

草は首を回して振り向き、百々路家の玄関ドアを見た。目をみはった。玄関ドアにも、家の鍵が差したままになっている。ドアは開くのだ。草は地面からコンクリートのスロープへ上がった。躊躇はなかった。早く動けないのは、次に来るものへの恐れからだ。三日もあったのに。しかたなかったのよ。何がどう、しかたなかったの？　非難と弁解の中、玄関脇にあるドアホンのボタンを押した。応答はない。ドアホンが鳴ったような気がせず、今度はノックしてみる。やはり応答はなかった。草は覚悟を決め、レバー形のドアノブに手をかけて引いた。

玄関の床に、一つ縛りの白っぽい長髪がたよりなく広がり、高齢の女性が倒れていた。うつ伏せでこちらに頭を向け、薄手のダウンらしきハーフコート、黒いズボンと靴を身につけている。投げ出された手の先に、ハンドバッグとカードが落ちていた。橋を渡った市街地にある総合病院の診察券だ。糞尿のような臭いが鼻をつく。草はしゃがみ込んで、百々路さん、と数回呼んだ。返事がない。転倒時に額をぶつけたのか、赤黒い腫れがある。ハーフコートの襟をめくって首に手を当ててみると、やや冷たかったものの、かろうじて脈があった。草は首にかけていた紐を引いて懐から携帯電話を取り出し、「119」にかける。倒れて三日程度経過した可能性があると伝えると、先方に緊張が走った。救急車を要請し終え、草は息をついた。倒れている女性の背中にそっと手を置く。

「百々路さん、しっかり。すぐ救急車が来ますからね」

救急車を待つ間、交番へ電話を入れて状況を手短に伝えた。

「ええと、話を整理させてください。そちらは百々路さんのお宅で、女性が倒れていると」

「はい。救急車は呼びました」

「小蔵屋の杉浦さんが、こんな朝早く、百々路さんのお宅へ？」

「ええ。例の、たすけてというメモが二枚もこの道で見つかって気になったものですから」

「たすけてというメモ？」

交代勤務のためか前回の電話より若そうな警察官が出て、どうも話が通じない。

「いえね、こちらの車と玄関に鍵が差しっぱなしだったので、おかしいなと思いまして」

「メモじゃなく？　……あー、とにかく伺います」

草は玄関にしゃがみ込んだまま、家の中を見るともなく見た。

正面には腰高の壁。その上には、作り付けで素通しの格子棚。アンティークふうの壺や電気スタンド、黒い固定電話とフキダシ形の分厚いメモ用紙にペンスタンド付きボールペン、人工の観葉植物などが置かれて目隠しがわりになっており、その隙間から突き当たりの壁に大型テレビ、手前に一人掛けの椅子の背、右に部屋のドアなどが一部だけ見える。左の上がり端からは四人掛けのテーブルの向こうにシステムキッチンや冷蔵庫が見え、間仕切りのない広いリビングダイニングだとわかった。家の中はしんと静まり返り、自分の荒い息遣いが耳障りなほどだ。

患者が多い上に予約もできないと言われるあの総合病院に、早朝から出かけて順番をとろうとしたが、車まで行って診察券を忘れたと気づき、それを持ってあらためて出ようとしたところで動けなくなってしまった——草は倒れたその時を想像してみる。

救急車のサイレンが聞こえ始めた。

「百々路さん、すぐ戻りますからね。大丈夫ですよ、しっかり」

草は場所を知らせようと、表の道へ出た。救急車が近づくにつれ、近所では次々窓や戸が開く。草は救急車に向かって両手を大きく振る。

その草の脳裏に、室内にあった黒い固定電話の様子が焼きついていた。妙だった。電話機の脇にてきとうにまとめられたコードの中に、壁の差込み口につなぐはずの白い小さなプラグまでがあった。

固定電話のコードは抜かれていたのだ。

第二章

桜が一輪

では、と寺田が音頭をとり、五人全員でワイングラスを掲げた。

「一ノ瀬さん、久実ちゃん、お招きありがとう」

いえいえ、と照れくさそうに肩をすぼめる久実の横で、一ノ瀬が会釈する。

「お二人の新しい生活、またお草さんの活躍によるご近所さん救出を祝して、乾杯！」

「カンパーイ！」

ぼちぼち楽しくね、と草は言い添え、向かいの一ノ瀬から時計回りに久実、寺田、由紀乃へと視線を送り、ワイングラスを軽く合わせた。結果的に三日も放置した状態になっただけに、救出を祝すのはどうかとも思うが、みんなの厚意に水は差せない。

マンションのアイランド型キッチンは広く、一部は五、六人用のテーブルになっている。グレーのトレーナーの袖をまくっている一ノ瀬が立ち上がり、厚手のショートエプロンの端を鍋つかみがわりにして、オーブンから大きめのグラタン皿を取り出した。

「白菜を使ったラザニアです。見た目より、さっぱりしています」

木製の鍋敷の上に置かれたグラタン皿を草たちは覗き込み、おーっ、と感嘆の声を上げた。とろけたチーズの間に薄緑の白菜、トマトソースが見え隠れし、しっかり焼き色がついている。濃厚なチーズとソースの香りに、仕事後の空腹が刺激されてたまらない。

こんなのまで作れるの、と久実が感心し、とてもうちのには報告できない、と寺田が渋い顔をする。草は片眉を上げた。

「どうして」

「比較されると立場がない。おれ、あいつに何か料理してやったことあったかなあ」

由紀乃が噴き出し、笑いが広がる。一ノ瀬が大振りのスプーンとフォークを使い、慣れた手つきでラザニアを取り分ける。

「登山の資金稼ぎで、バイトに明け暮れた結果ですから」

「なるほどな。娘たちには言っとくか。料理上手の旦那(だんな)を探せって。なあ、久実ちゃん」

「だから、旦那じゃありませんってば」

久実がテーブルの角を挟んだ寺田の方へ腕を伸ばし、どぼどぼと赤ワインを注ぎ足す。

「寺田さんも明日はお休みなんだから、じゃんじゃん飲んでください」

明日仕事なのはおれだけか、と訊く一ノ瀬に、草たちはこっくりうなずき、いただきまーす、と箸を手にとった。

ステンレスの天板の上は、一ノ瀬が腕を振るった料理でいっぱいだ。白菜を使ったラザニアの他に、ガーリックトーストを添えたレンズ豆のカレー、生ハムとチーズの盛り合わせ、ロールにした白菜入りのおでん、中華風の青菜炒め、トマトとかぶのサラダ、小さな房に切り分けた巨峰。

味が多様で飽きず、目にも鮮やかだ。すごい腕前だとみんなが口々にほめると、食器から何からここのキッチンが行き届いているからだと一ノ瀬が謙遜する。

由紀乃が何か思いついたように足元のトートバッグをさぐり始め、四角い包みを取り出した。真っ赤な包装紙に金色のリボンがかかっている。

「これね、ささやかですけど、一ノ瀬さんと久実ちゃんに」

瞬きして戸惑う一ノ瀬の横から、えーいいんですか、と久実が身を乗り出して受け取る。

「ありがとうございます！」

元気な久実に遅れて、一ノ瀬も礼を述べた。

包み紙を破らないように丁寧に開けた久実の手元から、ニット製の太すぎる腕抜きのようなものが出てきた。一枚は、上半分が青系の縞柄で下半分が濃紺。もう一枚は、上半分が赤系の縞柄で下半分がワイン色。何だろう、と寺田が言えば、ワッチだ、と一ノ瀬が言い、船員が被るようなぴたっとした帽子ですよね、と言い添える。先にそっちがわかるなんて、でもそれだけじゃないのよ、と由紀乃が胸を張った時には、すでに久実が短めのマフラーにしたり、すっぽりと頭から被って首回りにくしゅっとまとめたりして、

「ネックウォーマーにも。で、次は帽子っと」

と、単色の側を内側へ折り込み、縞柄のニット帽にして頭を覆った。

「すごくいい。きつくないのに、ずれない。しかもリバーシブル」

赤系の縞柄のニット帽がくるっと裏返されると、今度はワイン色に変わる。

隣で一ノ瀬が青っぽいほうをネックウォーマーにして、その端を鼻の上まで引き上げた。

「マスクにもなりますね」

草は一ノ瀬から、寺田は久実からそれを見せてもらう。

「こりゃあ、いいですね。山でも街でも便利でおしゃれだ」

「ほんと」

モヘア混だというそれはやわらかく、軽くてあたたかい。髪を整えに来てくれている遠縁の美容師に頼んで用意したのだと、由紀乃が満足げに草へ耳打ちする。

必ず手ぶらで、という久実たっての願いは、由紀乃にあっさり忘れられてしまっていた。

――公介に、変なプレッシャーをかけたくない。

いつかの久実の言葉を思い出し、草はつねられたように胸が痛んだ。とはいえ、当の久実と一ノ瀬はとてもにこやかだ。

ご馳走を平らげたあと、タクシーと運転代行を待つ間にベランダへ出た。満月ではないが、太った月が遮るもののない夜空を青く照らしていた。寺田が十八階の手すりに手をかけ、黒く浮かび上がる県境の山並みから信号が点滅する真下の道路までじっくりと眺める。

「こんな郊外でも、けっこう夜景がきれいだな。みんなで写真を撮りますか」

「ケータイでうまく撮れるかしら」

ちょっと待ってください、と一ノ瀬がすぐそこの棚からカメラを取り、ベランダの小さなテーブルを三脚がわりにして撮影の準備をする。

「おっ、立派なカメラだね」

「弟のものです」

一ノ瀬の弟は、彼と一緒だった山で亡くなって久しい。

あら久実ちゃんは、と由紀乃が首を回し、寒そうに首を縮める。電話がかかってきて、と一ノ瀬が言うので、草はその間に玄関まで由紀乃の上着をとりに行ってきた。遅れてやって来た久実は一ノ瀬の隣に入り、ご近所さん救出祝いでもあるんですから、と草が中央へ立たされた。タイマーのセットされたカメラが光り、気の抜けたところでもう一度光ってシャッター音がし、あら二回光るのだったの、言いませんでしたっけ、聞いてない、動いちゃった、もう一回、とやかましく再度の撮影となる。

草は久実の横顔をちらっと見た。

――ちゃんとやってますって。あのね、借りている人以外だめ、お母さんが来ても入れないの。その時間は出かけてるし。わかりましたよ、明日寄るってば。

二人が借りた部屋から廊下へけっこうぴりぴりした電話の声が漏れ聞こえたのだったが、もう久実はけろっとしている。

「はい、みなさん、一回光ったあとにチーズです！」

フラッシュがたかれ、全員がぴたっと動きを止める。

定休日の誰もいない小蔵屋に立ち、草はため息をついた。豆のケースに入っている秋のスペシヤルブレンドはろくに動かないまま一週間を過ぎていた。

「気持ちいいくらい売れないわね」

これといった名案も浮かばず、五時を目がけてスーパーへ出かける。こんな時はタイムセールの食材を仕入れ、作り置きの惣菜でも調理するに限る。気分転換と実益の一石二鳥だ。

「昨夜は楽をさせてもらったし……えーと、必ず牛乳とヨーグルトを買う、と」

買い物リストを懐に入れ、少々遠回りして百々路家の郵便受けを見てゆく。

土塀裏を覗くと、投げ込みチラシや新聞などが、留め金のゆるんだはね上げ式の取り出し口を浮かせていた。あと数日放置すれば、また庭に落ちそうだ。救急車を呼んだ月曜の早朝までのものは屋内へ入れられたが、家の鍵を警察官が持っていった今は無理。夜には雨になるらしい。草は予報どおりになりそうな曇天を見上げた。用意してきた厚手の白いビニール袋を手提げから取り出し、投げ込まれていたものを全部詰め込んで、軒下の目立たない場所へ置いた。名刺の裏にその旨を書き、郵便受けに入れておく。人伝ての話によると、純子は夫と死別して息子と娘がおり、先日はあれから市役所近くの救急病院に入院して、すぐに娘と連絡がついたらしいが、こんなことにまで気が回らないのだろう。

道を歩きだして視線を感じ、斜向かいの門を閉めた中年の主婦と目が合った。買い物帰りらしく、大根の飛び出たスーパーの袋を提げている。草は挨拶したものの、聞こえなかったのか返事はなく、主婦は比較的新しい家へ入っていった。

草は道々、飴色に煮あげた大根と黒豚を思い描き、早速スーパーで大根を手にした。ほしかっする。

た半分に切ったものが目の前で次々買われてしまい、しかたなく葉付きの立派すぎる一本を手にする。

「半分のもらい手がいるかな」

久実を思って言った独り言に、います、と横から返事があり、途端に大根は草の手を離れ、白菜の葉を整理中だった従業員によって二つに切られラップ包装されて戻ってきた。声の主は、青いトレーナーのフードを被り、黒縁の大きな眼鏡をかけた十七、八歳らしき女の子だった。すみませーん、これ半分になりますか。二人で買いますから。ありがとうございます。そんなはきはきした交渉の声を除けば、男の子にも見える。

彼女は半分になった大根を両方、草へ向かって突き出してきた。

「葉っぱも食べたいので、こっちいいですか」

「どうぞ。助かったわ。ありがとう」

「下は、ちょっぴり大きめにしてあります」

先を見越してサービスしてあるというわけだ。ちゃっかりした交渉上手に、草は思わず笑ってしまった。煮物ですかと問われ、黒豚と甘辛く煮るのだと答える。

「よし。うちも」

肩を並べて歩いていた彼女はジーンズをはいた長い足で、肉売り場へ駆け出した。

「元気ねえ」

草も他の野菜を店内かごへ入れてから、肉売り場のショーケースを覗き込んだ。中にいる白衣の店員たちと挨拶を交わしたところで、小蔵屋さんこっちです、と呼ばれた。えっ、と思って草は反射的に声のした方を見たが、肉売り場の二人の店員も、近くにいた何人かの客も首をそちらへ回し、それから草を見た。この界隈で小蔵屋といえば着物姿の老店主であり、着物姿といえば小蔵屋の老店主なわけで、草は少々きまり悪さを感じつつ先へ歩いた。今し方の青いフードを被った黒縁眼鏡の女の子が、オープン型の冷蔵ケースの前で、タイムセールの割引シールが貼られた肉のパックを二つ持って立っていた。

「黒豚ですよね。うちは普通の豚肉。節約、節約」

彼女がそれぞれの店内かごへ肉のパックを振り分ける。草は礼もそこそこに、うちのお客さんなのかとたずねた。黒縁眼鏡の顔がきょとんとする。当然でしょ、という表情だが、草はまったく覚えがなかった。客が店主を覚えていて逆が成立しないことはままあるが、こう親しくされると不安になった。加齢による記憶力の衰えだろうか。

女の子は、にこっとしてフードを頭から下ろし、黒縁の中に指を入れて眼鏡を取った。レンズのない伊達（だて）眼鏡だった。現れたのは、くせ毛のベリーショートと、右頬の三角形に並んだホクロ。

「そうか。聖さんね」

はい、と聖は答えつつ、もう青いフードと黒縁眼鏡を元へ戻す。前回、小蔵屋で見かけた、もこもこした帽子の姿とは違い、化粧っ気もなくて別人にしか見えない。

「毎回、誰だかわからないわ」

「趣味なんです」

「趣味？」

「変装」

聖はその後も安売りの商品を確実に手に入れ、レジではポイントがたまると発行される五百円分のサービス券を使った。出口の自動ドアのガラスに映る姿は、まるで祖母の買い物に付き合う孫のよう。レジ袋から飛び出ている大根の長い葉が、うれしそうにゆさゆさと揺れる。

「こう買い物上手だからへそくりが貯まって、東京まで行けるわけ？」

草が見上げた顔は、にやにやしている。

空にはまだ明るさが残っており、住宅街には魚を焼くにおいが漂っていた。

「料理もするの？」

「家事はなんでも。私って父にも便利だと思ったけど、六畳一間の寮だったんですよね。東京移住計画、大失敗」

「お父さんは転勤？」

「私が小さい時に離婚して」

そう、と草は努めて軽く相槌を打つ。半端な同情は、この大人びた少女には禁物という気がした。

「リストラで解雇されて、そのあとは非正規で仕事を転々。今はビルの建設現場。でも、ちゃんと養育費を送ってくれてます。あの、小蔵屋さんは――」

「お草でいいわ。親しい人はみんなそう呼ぶから」

聖が口角を引き上げ、一つうなずく。

「お草さんは、一人暮らしなんですか」

そうよ、と答えると、うらやましい、と返ってきた。

「大丈夫。一人になるのは、むしろ簡単。いやでも、一人になるわ」

草は、一人を孤独という意味で言っていた。一人が本来だとも思う。

聖が微笑み、道を曲がる。外灯に頬が光る。

「お草さん、また半分こしましょうね。今日のこと、祖母にチンして話しときます」

草はうなずき、十字路を直進する。チンして、と聞き、電子レンジに入れた小さなおばあさんを想像してしまった自分を笑う。少女の祖母は生前、小蔵屋の客だったのだろうか。

通りすぎてきた十字路を、自転車が横切っていった。

「あれ、聖だったでしょ」

「大根だよ、大根。ばばくさーい」

女の子たちの、人を小馬鹿にしたような笑い声が流れていく。草は立ち止まり、誰もいなくなった十字路を振り返った。子供は残酷だ。それに、その自分の残酷さに将来自分が必ず打ちのめされることを知らない。

「あら、やだ」

草は市松模様の手提げと松葉模様のあずま袋を覗き込んだ。

「ヨーグルトを買い忘れちゃった……」

なぜか、肝心なことにはずいぶん経ってから気づく。

まったく驚きましたよ、と久実がカウンターを拭きながら鼻孔をふくらます。

「昨日、家でご飯を食べてマンションに帰ったら、ソファのテーブルに空のグラスとミックスナッツの袋があって、公介の姿がないんですよ。その辺へ走りにでも行ったのかなあ、と思っているうちに、こっちも寝ちゃって。そしたら、朝ベッドも空なんです」

どうりで出勤してきた時から何か言いたげだったわけだと思いつつ、草は風船唐綿とピンポン菊を活ける。棘のある黄緑色の果袋が高くなるよう、葉なしの細い枝は長く、黄色い鞠のような菊は低くして、球形が音符のように遊ぶ空間を作る。

「連絡は？」

「つきましたよ。リビングのカーテン開けたら、ベランダに巨大なイモムシみたいなのが転がってるんですもん。信じられます？」

ベランダで寝袋に入って一晩過ごしたのだろう一ノ瀬を思い、草は大笑いした。

「さすが。山男は違うわねえ」

「さすがじゃありませんよ。夜空がきれいだったとか言われても、だったら、野宿したらって話じゃありませんか？」

山が恋しいのか。ちょっとだけ一人になりたかったのか。複雑な山男の心を思わないではなかったが、草は口にしなかった。

「頭にきたから、ベランダで寝るな、もルールに追加です」

「ルール？　それって、他に何があるの？」

「シーツ類の交換に抵抗しない」

「何それ」

「慣れたのがいいから、あんまり洗われたくないとか言いやがるんです。あと、牛乳やジュースをボトルから直飲みしない。裸足で玄関に下りない。それから――」

久実にしても一ノ瀬の心情を考え、もしかすると昨夜よく眠れなかったのかもしれないが、笑い話で済ませたいところなのだろう。ルールの説明は、のろけにも聞こえる。

「ごめんください」

開け放ってあったガラス戸から、茄子紺色のワンピースの人が入ってきた。腕に、たたんだショールをかけている。

「まあ、町会長さん、いらっしゃいませ」

「開店前にすみません。少々お願い事がありまして。ちょっとだけよろしいですか」

二人だけで話したそうな客の様子を察し、久実が掃除用具を持って和食器売り場へ移る。すぐ失礼するのでと遠慮する町会長に、草は椅子を勧め、自分たちも飲むからとコーヒーを淹れ始めた。

「百々路さんのこと、ありがとうございました。町会長としていたらなかったと」

「そんな。あれは成り行きで。どうぞ、お座りください」

町会長が気の進まない感じでカウンター席に座る。保険会社の代理店を営みながら子を育てあげた人で、いつもならもっとゆったり構えている。よくない話だろうと、草も想像がついた。蒸れてドーム状に盛り上がってきたコーヒーの粉に、湯を回しかけつつ先を促す。

「楽しいお話じゃなさそうですね」

「実は、地図と名簿をお預かりしていきたいと」

草はドリッパーからいったん目を上げ、地図と名簿、と鸚鵡（おうむ）返しに訊いた。

「百々路さんを救出された日に、あの辺りの地図と名簿を持っていらしたと」

草は手を休めずにうなずき、十年ほど前に町内会で作ったものの一部を拡大コピーして使ったと答えた。

「それを困りますという方が何人かいて、私のところへ連絡がありまして」

月曜のあの朝は結局、近隣住民が救急車と病人を取り囲むことになったのだった。

「困る、というと」

「ああいったデータは、杉浦さんから回収してほしいとおっしゃるんです。プライバシーの問題や個人情報保護の観点からいっても、行政や町会長が管理すべきだから、と」

「でも、あれは昔、町内会で作って配布したものですから、みなさんご承知だし、捨てない限りその方々のお宅にもあるはずで……」

サーバーへ滴り落ちるコーヒーが間遠くなってゆく。草は、その経緯を知らない家があるのだと気づいた。

「ひょっとして、その後、引っ越してきた人たちが?」

町会長が大きくうなずく。草は首を傾げた。

「最近引っ越してきてあの地図と名簿に載っていない方々なら、ご心配に及ばないような」

「私も、そう説明したのですが」

草は茜色のフリーカップにコーヒーを注ぎ、個包装のチョコレートを添えてカウンターへ出した。昨日、百々路家の近くで見かけた主婦の姿がおぼろげに浮かぶ。こちらの挨拶は気づかれなかったのではなく、無視されたのだろうか。近所を歩き回って名簿や地図に印をつけ、他人の家の郵便物をいじる問題の老人。自分がそんなふうに見える可能性を、想像しなかったわけでもない。

「あれを基本にして嗅ぎ回られたら、たまらない。そんなところでしょうかね」

草が微笑むと、町会長も困りきったように眉根を寄せて微笑む。

草は裏手まで往復して戻った。

いつの間にか町会長と話していた久実が、あわてて和食器売り場へ行く。中学生の行方不明騒ぎやフキダシメモのことを聞きました、と町会長が小声で言い、久実のいる方へ視線を送る。商品棚の向こうから、久実が顔を覗かせた。

「大体、なぜお草さんだけなんでしょう。回収だったら、町内会のみなさんから一枚残らず回収しなきゃ意味がないと思いますけど」

草は言葉に詰まった。久実の気持ちはありがたいが、意味のない回収であることは町会長もわかりきっているはずだ。

「杉浦さんのお人柄を、私も知っているつもりです。こちらに失礼なお願いをするのか。それとも、できないとあちらを説得するのか。考えた末に、甘えてこちらへ伺いました。今回上がった声は理屈ではなく、気分なんです。だからこそ、丸くおさめなくては」

町会長が顔の横で両手をひらひらさせ、にこにこする。ぐずる子をあやす仕草だ。それはやがて、お手上げのポーズに変わっていった。理屈が通じないなら、ご機嫌でもとるしかない。苦肉の策なのだろう。

商品棚の向こうの久実が、渋々納得した表情を見せた。

草は、例の地図と名簿を、その一部の拡大コピーまで含めて町会長に手渡した。

「お騒がせしました」

「ご協力ありがとうございます」

町会長が去ったあとには、空になった茜色のフリーカップだけが残っていた。


十二時過ぎに運送屋の寺田が弁当を持って現れると、久実も一緒に昼休みに入った。事務所まで待てないらしく、聞いてくださいよ、という久実の声が千本格子を抜けて聞こえてきた。ベランダのイモムシもどきと無意味な回収について話し込んでいるのだろう二人のために、頃合いを見計らってコーヒーを淹れるつもりだが、まずはひと休み、と草は愛用の椅子に腰かける。座面から背もたれまで覆う藍染めの長座布団に身を預け、目を閉じる。薄く開けてある小窓から、日向のにおいのする外気が入ってくる。風は感じないのに葉ずれの音が微かに聞こえる。やがて眼裏(まなうら)に川面が広がり、下流を見つめる青鷺(あおさぎ)が現れた。今朝目にした光景だ。青鷺は細い足を冷たい流れに浸し、微動だにしない。

客の出入りは止まっていた。

カウンター席の主婦三人は貸し切り状態の中、新しく駅前にできたネイルサロンのことから、子供のことへと話題を変えていた。

「イカリングって、あれ、最初に切ったの新しい校長でしょ。靴下丈、寄り道、お菓子を持ってた、その程度でお仕置き部屋ゆきとは」

「我が子ながら、従順よね。私が生徒ならキレる」

「西尾(にしお)さんの世代は強いから。でも、下の私たちは無理かなあ。内申書が恐い」

三人は紅雲中の子供を持つ、世代の異なる母親たちだった。

「なあに、それ。自分たちは若いのよってこと？」

草は主婦たちの笑いに包まれる。秋らしい色合いの衣服を纏(まと)う三人の、誰がどの声かは目を閉じているのでわからない。

「まあ、私の時代は問題ありってことよね。写真、外されちゃったし」

「ああ、この間のタイムトンネル」

何それ。体育祭の時の。あら、知らないの？　話についていけない一人に、二人がかりの説明が始まる。要約すると、紅雲中の体育祭の時に、写真部と一部生徒の発案で『タイムトンネル』

と題した写真展があり、理科棟一階の廊下に創立当時からの生徒たちの写真パネルが飾られたのだが、西尾さんの同級生たちが写る二枚は校長によって撤去、廃棄された。臙脂色の蝶タイと同色のハイソックスやカチューシャ、紺色のコートにあとから付けた紅白のチェック柄ボタンといったものが風紀を乱す、というのが理由だそうだ。

「昔はゆるかったから」

「岡田（おかだ）さんが知ったら怒ると思う。あれは岡田写真館を壊した時に見つかったものだから」

「紅雲中の近くにあった写真館？」

「そう。だから、お父さんやお祖父さんの形見みたいなものなの。せっかく学校に寄贈してくれたのに」

「そうなんですか……」

草は聞かなかった顔で立ち上がり、コーヒーを淹れる。理科棟一階の長い廊下の、窓下に展示されたのだろう写真パネルを思う。二枚分、ぽっかりと空いた壁面は、都合よく消された歴史のように寒々しい。

小一時間静かだった店は昼下がりにまたにぎやかになり、店前の駐車場に入れず近くの第二駐車場へまわる車が出始めた。

草は贈答品の入った紙袋を持って杖の客を軒下まで見送り、別の客から声をかけられた。七十前後だろう、藤色のレンズの眼鏡をかけた女性客だ。どなたかの車にぶつけてしまって、と焦った様子で言い、駐車場左側の手前にある久実のパジェロを指差す。隣には、グレーのセダンがバックではなく板塀に向かって前向きに駐車してあった。車を入れる時に曲がってしまいまして、すいている第二にすればよかったのに、もうっ、と説明と後悔の弁が続く。駐車枠内で今もセダンは少々曲がり、左の前がパジェロに近い。大きな音はしなかったし、怪我もないようなので、草はまず客の背中に手を置いて落ち着かせた。

「従業員の森野の車です。今、呼びますので」

久実は携帯電話が鳴って千本格子の奥で話していたところだったが、草の顔を見るとすぐに出てきた。しばらくして駐車場から戻ってきた久実は、車をぶつけた年配の客を、ほんとに修理なんていりませんから、とカウンター席へ座らせ、タイヤハウスのかすり傷なので平気です、と草へ携帯電話の画像を見せる。草が老眼鏡をかけて確認したところ、相手のバンパーの傷も小さい。他に古い傷がずいぶんあって、と久実が小声で付け加える。客の帰りのほうが心配になり、二人で顔を見合わせた。

草は、その客のために試飲のコーヒーを用意する。色絵花文のコーヒーカップを選び、秋のスペシャルブレンドを注ぐ。

揺れるコーヒーの中に、今し方千本格子の引戸の向こうに見た、久実のうつむきかげんの顔が浮かんだ。

——お母さん、ほんと、夕食はいらないってば。一、人暮らしを満喫してるんだから。

まさか同棲を家族に隠していたなんて、と草は思わず首を横に振る。

車をぶつけた客とふと目が合った。

「歳なのは、わかっているんです。息子にも言われます。頼むからタクシーに乗ってくれ、お母さんの車にいくらかかってると思う？　それを足代にしたらお釣りがくるんだよって。でも、この自由を手放すなんて……」

そう言われ、ばつの悪さにあわてて試飲のコーヒーを勧める。

どうしてか、アパートの台所に立つ渡辺聖の姿が彷彿とした。

――お草さんは、一人暮らしなんですか。

――そうよ。

――うらやましい。

大根の葉を刻む間、中二の女の子は何を思うのだろう。

数日が過ぎた定休日の朝、草は気になっていた百々路宅の前を通ってみた。

この辺りではめずらしく、靄が立ち込めている。河原や三つ辻もめぐってきたが、日の出前の紅雲町はまだ乳白色の海の中だ。

土塀の郵便受けは、やはり投入口から新聞がはみ出ていた。塀裏の取り出し口からも新聞や大小の郵便物、投げ込みチラシがあふれて地面にも落ちており、昨日の雨に濡れてよれている。用意してきた厚手の白いポリ袋を広げてそれらを移し入れてゆくと、郵便受けの中から雨水がびしゃびしゃとたれてきて、草は数歩あとずさった。持っていたティッシュで拭いた郵便受けの底に、この前に入れた自分の名刺もそのままだった。裏面の連絡メモがまだ読めるので、側面に立てかけて残しておく。当然、前回集めた郵便や新聞も置いた場所に放置されていた。

「容体が悪いのかしら……」

停止しては走る、オートバイの耳慣れた音が近づいてくる。草は道が見えにくい奥の軒下から小走りに急ぎ、小蔵屋の方から来るらしい新聞配達員を待った。さっきはなかった斜向かいのシルバーのバンの陰から、黒いヘルメットのオートバイが現れた。何かをふっと吐き捨てた新聞配達員に、事情があって百々路家の新聞を一時止めたいと頼む。

「あれ、ガム?」

オートバイに乗ったままの新聞配達員が吐き捨てたものの方を見もせず、だるそうに微笑む。たずねると、小蔵屋と同じ新聞店だった。

「あとで一応、新聞店へ電話したほうがいいかしら」

「絶対、伝えますんで」

「そう。じゃ、よろしくお願いしますね」

新聞配達員がオートバイで去り、シルバーのバンがゆっくりと百々路宅前を通りすぎてゆく。作業着の運転手となんとなく目が合った。「9」の多いナンバーだった。路上のガムをちり紙にくるんで腰籠へ放り込み、郵便受けの取り出し口を持参した養生テープでとめておくと、草は幾分ほっとした。

ふと見上げた桜の木に、小さな花がついていた。葉の落ちた枝に、淡いのが一輪きり。遅すぎたのか。どうにか間に合ったのか。きっと花にもわかりはしない。

その一輪の桜は、草の心から消えなかった。

午後、雑用で駅方面へ出かけた草は、先に市役所近くの救急病院へ立ち寄った。

病院は面会時間が始まって混雑していた。受付でたずねると、面会は可能だという。容体が安定しているらしく、草は安堵した。

「ご家族ですか」

「いえ、救急車を呼んだ近所の者ですが、留守宅のことについて連絡がありまして」

事情を話して教えてもらった病室は、五階のナースステーション前の個室だった。出入口の戸は開いている。カウンターの名簿に記名する見舞人の列に並ぶと、ナースステーションの奥にいた看護師から、先日はどうも、と声をかけられた。誰だかわからずに草が会釈をすると、近づいてきた看護師が、渡辺です、聖の母です、と言った。

「あら、そうでしたか。よかったですね。聖さん、挨拶に来てくれましたよ」

「スーパーでもご一緒したみたいで。すみません」

「いいえ、助かりました。大根の割り勘」

「おばあちゃん子だったもので」

草は名簿に自身の氏名や百々路純子の病室番号などを記入し、看護師の渡辺からカウンター越しに、首にぶら下げる面会証を渡された。

「術後、時々お目覚めのようですけど、今日はどうかしら」

「あの、百々路さんの娘さんは……」

渡辺さん、と医師から声がかかり、看護師の渡辺は忙しそうに行ってしまった。

病室から出てきた年配の看護師も足早に遠ざかってしまい、草は一人そっと中へ入った。ベッドで点滴中の病人以外に誰もいない。灰色の長い髪に埋もれている痩せた顔は、白っぽい病室に反射する光を受けて儚（はかな）く映る。額に、まだ打撲の痕が残っている。

片隅の椅子やテーブルには、購入して未開封の下着やパジャマ、成人用紙おむつといったものが置いてある。

草は足元の方から右奥の窓辺へ回り込み、ベッド脇に立ってみた。眼窩の落ち窪んだ目は閉じられ、細い鼻梁からも薄く開いた口からも呼吸音は聞こえない。それでも、白い掛け布団の胸の辺りを見つめると、微かに上下していた。

「小蔵屋の杉浦です。今朝は、お宅の桜が一輪、咲いていましたよ」

反応はない。

どういうわけか、掛け布団の下からわずかに見える右手に、家の鍵を握りしめている。あの朝、このキーホルダーの鈴の、東南アジアを思わせる音を何回も聞いた。

「それから、あふれていた郵便物はまとめて奥の軒下へ入れて、新聞は今日いったん止めておきました。お大事に」

その旨を書いた一筆箋を、サイドテーブルの吸い飲みの下に差し入れておく。

帰ろうとしたその時、シャラシャラと独特な鈴の音が響き、草は袂（たもと）を引かれた。驚いて枕のほうを見ると、やせ細った手が伸びてきて、草は強引に家の鍵を握らされた。大きな目をむいた百々路純子に、すがりつかれた格好だ。意外に強い力と必死な形相にふいを突かれ、草は前のめりにベッドへ手を突いた。眼前に迫った純子が口を動かし、何か言おうとしている。

「何です？　苦しい？」

どうにか読み取ろうと、草は至近距離から瞳や唇を凝視した。声にならない声は、次第に言葉になった。

「お願いします……お願い……」

急に、患者の手が草から引き離された。さきほどの年配の看護師が走り寄ってきたのだ。

「百々路さん、大丈夫ですよ。ここは病院ですからね。安心してください」

穏やかに説得された百々路純子は、気を失うみたいにおとなしくなった。

草は窓際へ下がり、これ、と看護師に鍵を見せた。

「それですか。このところ、ずっと持っていましたよ」

「家の鍵なんです。お願いします、と渡されまして」

「じゃあ、お待ちだったんですね」

「私を？」

束の間、草は看護師と顔を見合わせた。百々路純子とは、親しいわけではない。少なくとも、草にとってはこれまで縁のない人だった。

「失礼ですが、百々路さんとはどういう……」

草は名乗り、サイドテーブルの一筆箋に手をおいた。病室に入ってきた看護師の渡辺に会釈する。看護師二人がそれに目を通した。

「まあ、郵便物やなんかを玄関へ入れておければとは思いますけど、娘さんに断りもなしに鍵を預かるのはどうかと」

看護師たちは小声で相談し、エレベーターの方の談話室でお待ちください、と先に出ていった。


それがこれ、と草は運送屋の寺田の方へ腕を伸ばし、キーホルダーを振って鈴を鳴らす。

「変わった音色ですね。バリ島とかマレーシアって感じ？」

事務所の戸口に立つ寺田が、机にいる草の手元へ顔を近づける。

銀色の鈴は、同素材の粒や線を表面につけた凝った模様入り。水の流れる洞窟で金属片同士を打ちつけたような、シャラシャラと軽くも深くも響く音がして、けっこうな重みがある。

「久実ちゃんも言ってたけど、娘さんもお草さんを信用してるんですよ」

「全然知らないのに？」

寺田が肩をすくめる。

「お店屋さんだから、相手が知ってるってこともある」

まあね、と答えたものの、草はどうも腑に落ちなかった。寺田もそんな表情だ。

「娘さんは東京にいて共働きでね、新幹線で何回も病院へ来ているそうだから、こっちに誰かいると思えばいくらか気が楽なんでしょうけど」

それにしたって赤の他人に家の鍵を渡すかしら、と草は心の中で付け足す。

「まあ、なくさないように努めるわ」

寺田が草の冗談に笑い、トラックへ戻ってゆく。

草は用意した名入りの熨斗（のし）紙を、机の上に積み上げた贈答品にかける。定番のセット商品や小蔵屋オリジナルブレンドは売れるが、秋のスペシャルブレンドの動きは相変わらず鈍い。誰もいないところで大きなため息をついておく。身体の力が抜け、新鮮な空気がたんまり吸えて、血流もよくなるというものだ。固定電話の内線が鳴った。スピーカー状態にして出ると、お客さまです、と久実が言う。

「どなた?」

「それが、紅雲中の校長先生なんですよ」

口元を手で覆ったのだろう、くぐもった返答だった。

草は明かりのついた三和土の通路へ出た。奥の自宅の方から、柱時計の正時の鐘がはっきり聞こえた。四時だ。いやに店の方が静かだった。

千本格子の引戸を開けると、店にあふれる制服の高校生たちの中に、背広姿で黒髪を後ろへなでつけた男性客がいた。自分から歩み寄ってきて、紅雲中の校長だと自信に満ちた声で名のる。垂れ気味の小さな目が、草を瞬時にくまなく吟味する。まだ四十代にも見える。

「お若い校長先生で」

校長は小さな目をぱっと見開き、相好を崩した。よほどの出世らしい。

一遍に高校生が抜けて半分ほど空いたカウンター席を、草は勧めた。奥へ案内されるつもりだったらしい校長が、肩すかしにあったみたいな表情で座る。その横にもう一人背広姿の男性客が座り、生活指導の某だと名のって初めて、草は別の教師がいたことに気づいた。草は鉄絵と染付の蕎麦猪口を用意し、秋のスペシャルブレンドを淹れる。

「仕事場で失礼します。どういったご用件で」

「ご活躍を伺いました。倒れていた住民を、自警のお心がけから救出されたそうですね」

自警という言葉が引っかかったが、草は口を挟まなかった。一体、どんな噂が広がっているのだろうとは思っても、考えるだけ無駄だ。

「やはり安心安全な町づくりの基本は、みなさんの眼。そこで、小蔵屋さんのような方に、ぜひ生徒の見守りをお願いしたいのです」

「といいますと」

「登下校中に生徒が寄りましたら、直ちに本校へご連絡を」

ぬっと顔が近づき、垂れ気味の小さな目が迫ってきた。熱心な校長だ。

そもそも中学生の来店は少ない。が、草は説明を省く。生活指導の教師は、校長の言葉にひたすらうなずいている。

「それから、のちほどこれをご覧ください。小蔵屋さんにぜひと思いまして」

校長から、封のしていない大判の茶封筒を渡された。薄い印刷物が入っている。

草は茶封筒を隅に置き、コーヒーを落としながら周囲を眺めた。客が多いのに、イカリングなどの評判のせいか、冷やかな空気が漂っている。紅雲中の黒の詰め襟も、臙脂色のやわらかで幅広の蝶タイもいない。楕円のテーブルにいる制服の女子高生たちが、校長たちの背中を冷たい目で眺めている。そのテーブルに、まだ渡辺聖も残っている。つば付きの風船のようにふくらんだベージュ色の帽子を被り、アイラインくっきりの大人びた顔には余裕の笑み。制服でないとはいえ、生徒の顔が判別できれば校長たちは何か言いたいところだろうが、こう変身されてはわからない。

草はにっこり微笑み、コーヒーを校長たちに出した。

「道草って、楽しいでしょう。うちは一向にかまいませんので」

いらっしゃいませ、と新しい客を迎える。目の端に、身体を引いた校長の薄笑いとおたおたする連れの教師の姿があった。

「お忙しいようだ。失礼しよう」

「お気をつけて」

校長らはコーヒーに手をつけずに店を去り、それをじっと見送った客の間から一斉におしゃべりが始まった。写真パネルが捨てられた件について、カウンターの端にいる主婦二人が怒った口調で話している。おかっちはあきれてた。写ってるのは誰？　ヒロヨのグループでしょ、それから演劇部のヌマノたち。

どうも紅雲中に写真を寄贈した岡田写真館の岡田さんと同級生のようだ。草は接客しつつ、聞くともなく聞く。

「放送部も検閲状態でね。じゃあ校長先生が仕切ったらどうですかって、アナウンサー担当の聖って子がキレて退部したらしい」

草が流しから顔を上げると、こちらを見た聖と目が合った。

「それ聞いた。何したの」

「昼の放送でラップをかけただけよ。おれは寝不足、窒息、アルコールみたいな日本語の歌詞だったらしいけどね」

「あー、やっちゃったね。同情はするけど」

「放送中に校長が怒鳴り込んできて、マイクはオンのまんま。アナウンサーの子がわざとオンにしてたの。一部始終が生放送されちゃって、通称、生ラップ事件。その子、靴下も売ってたんだって。朝、校庭の隅のフェンスから道に手を出して、やっすいのを倍以上の値段で。それでも校則が厳しくなったばかりの一学期は、うっかり長めの靴下をはいてくる子が多くて売れたらしいわ」

「私なら裸足になる。あれ？　それでも内申書に響く？」

渡辺聖が薄く笑って立ち上がり、草は接客のため和食器売り場へ向かった。気がついた時には聖の姿はなく、彼女のいた席に印花のフリーカップが残っていただけだった。

写真パネルが届いたのを知ったのは、閉店後、草が事務所から流しへ戻った時だった。

「誰が持ってきたの」

「渡辺聖さんが。もう帰っちゃって」

久実が両手に掲げた二枚に、草は引き寄せられた。どちらも新聞見開きほどの大きさだ。前に話してあったので、写真パネルが捨てられた件は久実も知っている。

「体育祭のあと、ごみから拾って校内に隠しておいたそうです」

じゃれあって登校中なのだろう女子中学生たちの姿と、雪のちらつく日に作り物の三日月や西洋ふうの屋敷を運ぶ生徒たちの行列が写っている。聞いていたとおり、臙脂色のカチューシャやハイソックスを身につけたり、紺色のコートに紅白のチェック柄のボタンをつけたりしている。他に、赤いボタンをつけた子も。経年でやや褪せ気味の色や、レンズ前の雪片に一部かすむ光景が、無関係な者の胸にも郷愁を呼び起こす。中には、隣の子にふくれる女子や、大道具の重さにしかめっ面の男子もいるのに、生きる力に満ちていて、年寄りにはまぶしいほどだ。

「いい写真ね」

「ええ。胸がキュンとしちゃう。これを校長が捨てますかねえ、風紀を乱すとか言って」

草は、夕方カウンターにいた主婦たちから漏れ聞いた生ラップ事件を話した。ラップという音楽がわからないと言うと、韻を踏むお経みたいな歌ですよ、と説明され、ますますよくわからない。

「写真を相応の人に返してほしいってことでしょうね」

「たぶん」

翌朝、写真パネル二枚を小蔵屋の壁に飾った。店に入って左の目立つ壁に。楕円のテーブルやカウンターの席に着く際には、必ず目に入る。いずれ、引き取り手が現れるはずだ。

漆喰壁に響かない場所に小さな釘を打ったのは、スーツ姿の一ノ瀬だ。先日は仕事の合間に、由紀乃宅の電話の子機を調達して設置してくれた。久実から聞いて、すだちの箱を落とした日のことを知っていた。子機がないと不便だし、といって新しい電話機では使い方を覚える自信がないと言っていた由紀乃が、その親切にどれほど感謝したかしれない。

「こっちの写真は、もうちょっと右が上ですか」

「そうね、そのくらい。ありがとう」

久実の出勤時間にはまだ早い。

「朝食は？」

「久実に持たされて、車の中でパンを」

「じゃ、コーヒーを淹れるわ」

「いえ、おれ、コーヒーは」

「わかってる。試してほしいブレンドがあるの」

苦いものを好まない一ノ瀬のために、秋のスペシャルブレンドを淹れてみる。一ノ瀬は一口啜り、口の中を探るようにして考え、砂糖を加えてまた一口啜る。

「どう？」

「うん。飲めそう……いや、飲めます」

「私も甘くしようかな」

土曜なのにこれから東京へ出張だという一ノ瀬は、どういうわけか小蔵屋で新幹線までの時間をつぶしていた。ここを覗いた時も、早く出すぎたから、と言っただけ。今もビジネス鞄から出したノートパソコンを前に静かなものだ。

草もカウンター席に座ってコーヒーを啜り――秋のスペシャルブレンドには確かに砂糖が合う――校長が置いていった茶封筒の中身を出してみた。カラー刷りの薄いパンフレットだ。老眼鏡をかけた目に最初に飛び込んできたのは、旭日旗(きょくじつき)。表紙の会議風景の片隅に、一部が写り込んでいた。国旗の日の丸に放射状の赤い光線を加えた、草にしてみれば胸を重くする第二次大戦中の軍旗だった。お国のために兄は戦死、過酷な物資不足の中で妹は病死。日本軍は無謀にもアジアの国々を侵略し、人々の暮らしをいたるところで破壊しつくした。そうした過去の象徴ともいえる。

パンフレットには「日本」「教育」「再生」といった文字の入る長い団体名があり、推薦者欄に校長名の記された入会申込書が挟み込まれていた。万単位の入会金と年会費が設定されている。一見、義務教育の見直しの穏当な集まりに映る。だが、掲載されている顧問や理事の顔写真は、右傾タカ派の世襲代議士、異常な差別発言を頻発する新興政治団体の幹部、聞き慣れない出版社の代表ら。流し読みしたところ、大日本帝国時代を取り戻すためにまず教育を旧式に変えようという意図が透けて見えた。背後に旭日旗をそっと掲げて会合を開くあまりに時代錯誤な光景に、草は冷笑した。

少し前からパンフレットを覗いていた一ノ瀬が、誰がそんなものを、と訊く。

「紅雲中の校長。私を勧誘するつもりだったみたい」

久実から昨日の出来事を聞いていたらしく、彼も皮肉な笑いを浮かべる。

「すごいな。スカウトですか」

「冗談じゃないわ」

草は茶封筒にパンフレットを戻し、カウンターの向こうへ投げ落とした。

一ノ瀬が腕時計を見て腰を上げた。

「ねえ」

「はい」

「ここへ来たこと、久実ちゃんには言わないほうがいい？」

一ノ瀬がちょっと目を見開いてから、そうですね、と微笑む。それから、何か言おうとしてやめ、ゆるめていたネクタイを締めて出かけていった。

やがて久実は元気に出勤し、土曜の小蔵屋はいつもどおりのにぎわいとなった。

壁の写真パネルは、店が混雑する土日のうちに様々な関心を引いた。草は仕事をしながら、いろいろな台詞を耳にした。映画のワンシーン？　これって昔の紅雲中でしょ？　どこかで見たぞ。どうしてここにあるの？

中には草に写真パネルについてたずね、小蔵屋が数人経由で預かって引き取り手を捜していることを聞きだす客もいた。

だが、草が心引かれたのは、四十代だろう女性客の言葉だった。

「この年齢だったかな、コーヒーをおいしいと思ったの」

小さな横顔に、笑い皺とケーブル編みのニットが似合っていた。

草が十代の頃、コーヒーは戦争の余波で輸入の制限・停止に追い込まれ、タンポポの根や大豆などを主原料とした代用コーヒーとなり、本物のコーヒーが口にできたのは第二次大戦後だった。喫茶店の窓辺で、豊かな香りを放つ褐色の飲み物を、繊細なレリーフのカップとソーサーで味わった時、いかに戦中が荒廃していたかを思い知った。スカートが絣(かすり)のモンペに。鉛筆を持っていたはずの手に、旭日旗の小旗。死も日常だった。どんな異様な変化にも、慣れが勝ってしまう。

夕方には雨になり、それまでの混雑が嘘のように客が引けていった。

三和土や漆喰壁の湿ったにおいがしてきた小蔵屋に、固定電話の音が響いた。ちょうどそこにいた草が電話を取ると、西尾という客からだった。

知人からそちらに飾ってある写真のことを聞いた、ついては写真を引き取りたい、友人が写っているし紅雲中へ寄贈した岡田写真館の娘も知人だと客が言う。どうも先日カウンター席で、写真が捨てられた件を話していた三人連れの主婦の一人のようだ。草は顔を思い出そうとしたが、目をつむっていた自分のことしか思い浮かばなかった。いずれまた小蔵屋へ来るというので、連絡先を控えて倉庫で預かることにする。

「あの、ご存じですか。どなたが拾ってくださったのか」

「校長先生とやりあって、放送部をやめた女の子らしいですよ」

「あー、ラップかけちゃった子……」

独り言みたいなつぶやきと、好意的な笑いが聞こえる。

「ありがとうと伝えていただけますか」

「ええ、会えましたら」

電話を終えた草は、カウンター内の隅にそのままになっていた黄色い付箋つきの千円札を外した。

「林様、３９９９か。もう来ないか」

その金を事務所へ行ったついでに、棚にある広口のガラスの角瓶に入れた。アルミの蓋を取ると、母に手の甲をぴしゃりと叩かれた日を思い出す。雑貨屋だった小蔵屋で、飴玉のばら売りに親の許可なく手を伸ばした時のことだ。飴玉は、こうしたガラス瓶に入っていた。今、この古いガラス瓶は募金箱。試飲への勘違いな代金、落とし物の硬貨、寺田と久実が時々入れる小銭が、またそれなりに貯まってきている。

横には、寄付の成果を伝える絵葉書が数枚、屏風状の写真立てに入れて飾ってある。コーヒー農園で働いたり、カラフルな制服に身を包んで土壁の簡素な校舎前で誇らしげにポーズをとったりするエチオピアやコロンビアなどの少年少女だ。紛争と貧困にあえぎながらも笑顔を見せている。この瓶の寄付金も、校舎の壁の一部くらいにはなっているはずだ。

事務所から売り場へ戻ると、久実がコーヒー豆のケースの前で腕組みをしていた。何を考えているかわかったが、草はあえて訊いた。

「秋のスペシャルブレンド?」

「もう売り切らないと、鮮度落ちますすよね」

草は思わず手を打った。ぎょっとして久実が身を引き、きょろきょろする。

「何？　虫ですか？」

「よし、やってみる」

草は取り急ぎ、懇意にしているデザイン事務所へ電話をかけた。


中一日置いて、小蔵屋は写真展『苦さ知る、十四歳』を開催することになった。

といっても、たった数枚の小規模なものだ。

例の捨てられかけた写真パネル二枚、エチオピアやコロンビアの少年少女の絵葉書、それとやはりパネル仕立てにした草の厳しかった十代と渡辺聖の制服姿。全員が十四歳というわけではないけれど、コーヒーがつなぐ十代の姿だ。苦さの中においしさを見つける、苦い経験の中で希望を見出す、不安定だけれど伸び盛りの季節。飲み手を増やせる味を、という、秋のスペシャルブレンドの試みに一役買うかもしれない。

写真を使用する許可を取ったり、聖の協力を得たりするのは、予想と違ってすんなりいった。

ところが、写真を飾り終えた開店前になってつまずいた。

カウンターを挟んで立つデザイナーが、製作物の一つをどうしても引っ込めない。

「このキャプション、僕はいいと思うなあ」

発泡スチロールの薄板に貼られたキャプションには、小蔵屋が貧困にあえぐコーヒー生産国の生活や教育のために寄付をしてきたこと、また発展途上国の生産者を守る適正価格で取引された豆を商品の一部に取り入れてきたことが書かれている。

「申し訳ないけど、趣味じゃないの」

「善行は陰ながら、ですか。わかります。でも、どうでしょう。寄付、日本ではまだまだ知られていないフェアトレード、せっかくですからそういった大切なところを身近に感じてもらいませんか。時代ですから」

時代と聞いて、草はかちんときた。こういうことに古いも新しいもないはずだ。

「私は豆の仕入れ先の会社を見習っただけ。大体、表立って言うほどのこともしてないし」

そんなことないです、と花の水をかえていた久実が割って入る。

「お草さんは、ポケットマネーをいっぱい足して寄付してるじゃありませんか」

わからずやの年寄りに仕立てられ、草は口を尖らせた。

これを貼るのに賛成の方、とデザイナーが訊き、デザイナー自身、久実、それからコーヒーを啜って油を売っていた寺田までが手を上げた。

「三対一。ありがとうございます」

デザイナーが縁無し眼鏡を指で押し上げ、勝ち誇って和食器売り場へ行く。アクリル板に挟む形で展示された絵葉書の下へ貼るのだ。草は久実と寺田をにらんだが、もう遅い。

寺田が涼しい顔で和食器売り場の、絵葉書が展示されているのとは別の壁を指し示す。

「お草さんのモンペ姿もいいけど、なんといってもあれだね」

「ほんと、何かの広告みたい。自分で撮ってきたのよ」

寺田があらためて聖の写真に感心し、草も前と同じ台詞を繰り返す。

聖の写真は、一見誰かわからない。紅雲中の制服の少女がバレエのように手足を伸ばして前方へ跳躍しているが、ローアングルのカメラは舞い散る葉に焦点が合い、人物のほうはぼやけ気味だ。臙脂色のやわらかで幅広の蝶タイは、襟元から外され、くせ毛のベリーショートをのせたすっきりとした首に直に巻かれて向かい風に長々となびく。実際、蝶タイをそのように巻いて登下校を繰り返し、学校から注意と懲罰を再三受けているらしい。キャプションも、聖が用意してきたものだ。

《コーヒーを飲む私は、私のための、私。》

小五までバレエを習っていたものの、セルフタイマーの撮影時にはなかなかうまくいかず何回も跳んでみたそうだ。光をやや反射する化粧石材を使った現代的なホールの、屋外劇場にもなる広場という場所の選定も、大人顔負け。草は当初、十四歳がコーヒーを飲む姿として口元から下あたりを撮らせてもらおうと考えていたのだったが、予想外だった。

「骨のある子だね」

「あんなのを展示してちょっと心配だけど、いいのが撮れたら使うって約束しちゃったのよ。お母さんも許可したって言うし」

家出されるよりましなんじゃないですか、と久実が笑う。聖本人は昨夜、仕上がった写真パネルを見ていった。モスグリーンの野球帽、黒縁の伊達眼鏡、だぼだぼのジーンズという少年のような格好で。幼い頃からバレエを習わせ、映画や芝居へ連れていったのは亡くなった祖母なのだと言っていた。

才能ありますよ、とデザイナーが商品棚の向こうから声を張る。校長に聞かせたいような一言に、みんながうなずいた。

開店当初から、写真展は客の目を引いた。

草と同年配の女性客が、捨てられかけた写真パネルの前で微笑む。

「《この年齢だったかな、コーヒーをおいしいと思ったの。》か」

先日耳にした客の言葉を、そのままキャプションにしてある。

受験を控えた孫にも飲ませてみたいと、高齢の女性客は秋のスペシャルブレンドを購入した。

久実の発案でデザイナーが手書きしたポップ——砂糖とミルクが合うという、キビと乳牛のイラスト付きの案内——も効いたようだ。

夕方には高校生たちの間から、これ渡辺聖だよ、という声が上がった。

翌日には捨てられかけた写真の被写体だった男女が数人、それからその同級生たちが五月雨式に訪れた。小蔵屋の知らないところで、写真展の情報が広がっているらしかった。うはっ、ヌマノだ。部長だぞ、おれが一番出世した時期。ヒロヨの髪形、あの歌手の真似だよね。そうそう、なんて名前だっけ？　この時の担任、誰だった？　いい年の大人が、束の間、子供の顔になる。

そうした客の中には草に、あらためて写真が小蔵屋にたどりついた経緯をたずねる者もいたし、拾ったのはあの子だと教えられ、聖の写真を眺めてゆく者もいた。

私服の中学生だろう子供たちが、捨てられかけた写真と聖の写真だけを観て、さっさと出てゆくこともある。

「どうしてラップかけるかな」

「目立ちたいのよ」

「ちげーよ、あれは最後のリクエストだったんだよ、転校したオオサワトオルの」

草の耳には、オーサートール、と聞こえた。

そんなの知らないとか、放送聞いてねーのかよとかと言い合いながら店を出てゆく子供を見送り、草は久実と顔を見合わせる。

「転校する子の、最後のリクエストか」

「泣かせますね」

写真展は地域限定の話題性で平日に客を呼び、二日目の晩には秋のスペシャルブレンドが粗方さばけて、草は胸をなでおろした。

「こう言っちゃなんだけど、あの校長様々ね」

「いま来て、ぶち切れてほしい」

二人して、くつくつ笑う。

閉店時間となり、久実がレジを締め始める。会計カウンターの隅には、募金用のアルミ蓋の角瓶が置いてあった。釣り銭を寄付したいという客が多く、草は折れ、久実が事務所から運んできたのだ。

客のいなくなった小蔵屋には、にぎやかな時間の余韻が残っていた。

夕方の自宅玄関で、草は鍵を持った。キーホルダーの銀色の鈴が鳴る。赤味を帯びてきた外光を反射する鈴はそれなりに重く、シャラシャラと東南アジアを思わせる音を響かせる。

草は路上で、由紀乃からの電話を受けた。

「よかった。今、買い物に出たところ。何か買うものがある？」

違うのよ、と由紀乃が笑う。

「写真展、好評よ」

「あら、誰から聞いたの？」

「今し方帰ったヘルパーさん。紅雲中の同窓生から写真展の話が回っているらしいわ。息子さんも紅雲中に通っていてね、ええっと……ちょっと待ってね……」

がさごそと音がする。

「あの校長にパンチくらわした感じです、すーっきりしました－、ですって」

忘れないように書きつけておいたものらしい。腹にすえかねていたものを発散するような口調は、おそらくヘルパーの真似なのだろう。

「あとね、草ちゃんのモンペ姿も斬新でしたって」

草は笑ってしまった。

「あとでじっくり報告しようと思ってたのに」

「私の情報網も、時にはすごいのよ」

「恐れ入りました。ねえ、空見える？」

西に傾いた日は、空を桃色に染め始めていた。明日は晴れるのだろう。

「カーテン越しに少し見える。きれいね」

「ええ」

戦時中も、夕日はきれいだったし、親友の由紀乃がそばにいた。干し柿を分けあったこと、由紀乃の分を盗った悪がきに草がつかみかかって応戦したことが思い出され、その話で盛り上がり、電話を終える。

スーパーに着き、店内かごを手にとってから、草は自分にあきれた。

先に百々路宅へ寄ってみるつもりだったのだ。しかたなく買い物にとりかかる。暗くならないうちにと、メモを片手に急いで買いまわり、重い荷物を持って混雑するスーパーを出た。日暮れが一段と早くなったが、まだ外は充分明るい。

「また半分こしましょうねー」

と、背後から聞き覚えのある声がした。

草は立ち止まり、身体ごと振り向いた。煌々（こうこう）と明るいスーパーを背景に、青いフード付きトレーナーを着た黒縁眼鏡の若い子、渡辺聖が福々しい老女と別れてこちらへ歩いてくる。間もなく草を認め、聖がにっこりした。近づくにつれてその笑みは消えてゆき、聖は今し方別れた老女の後ろ姿をもう一度見てから歩くのをやめ、買い物袋を提げた両手をやや広げると軽く地団駄を踏の？

んだ。その無言の動きは、実に雄弁だった。悪い？　他にも半分こする相手がいたらいけない

草は大人気ない表情の自分が見えるようで可笑しくなり、破顔した。

「ねえ、ちょっと付き合ってくれない？」

束の間考えた聖は、それでも駆け寄ってきた。二人で肩を並べて歩きだす。スーパーの駐車場を抜け、住宅街を歩くうちに、ばらばらだった歩調が合ってくる。

「写真展は大成功。デザイン事務所の人があなたの写真をほめてたわ。才能あるって」

ぬっと草の前に、黒縁の伊達眼鏡の顔が現れる。

「ほんと？」

「ほんとよ」

伊達眼鏡の顔が引っ込む。まんざらでもない表情が、草の目の端にちらつく。

「どこに行くの」

「ここよ。五分で済むわ」

百々路宅の郵便受けは郵便物や投げ込みチラシがたまっていたものの、新聞を止めて取り出し口を養生テープで固定しておいたからあふれてはいなかった。奥の軒下にビニール袋に入れて置いてあった以前の郵便物や新聞などもそのままで、娘が来た様子はない。

「ポリ袋の中なのに、濡れたのかな。なんか、よれよれ」

「雨の日に、郵便受けがあふれてたから。百々路さん、入院されて大変でね」

「お草さんが救急車を呼んで助けた人？」

うなずいた草は新聞やチラシといったごみになる類とそれ以外を仕分けし、玄関内へ置いておくのだと説明し、買い物袋を置いた玄関先で作業に取りかかる。二人がかりなら早いし、不審さも薄れる。

「あれ？　名刺だ」

「私のでしょ」

だが、聖の手には、シャインエースの林直盛（なおもり）という名刺があった。シャイン化学なら洗剤や建材などで広く知られた大手だが、別会社らしく県内の住所だ。

「営業かしら。小さいから、郵便物の一番上に置こうか」

そのうちに草の名刺も出てきた。草は老眼鏡の埃を指先で拭い、作業を続ける。宅配の不在票が見つかり、困惑していると、

「携帯電話を貸してください」

と、聖の手が伸びてきた。聖が草の携帯電話から看護師の母親にショートメールを送って、宅配の件を百々路の娘に知らせてほしいと頼み、あっという間に事が済んでしまう。

「ありがとう。ケータイ、使えるのね。私より詳しい」

当り前だという目つきで、聖が微笑む。

間もなく作業は終わり、草は玄関の鍵を開け、救出時に中へ置いた分も仕分けして、リビングダイニングの上がり端の壁寄りにそれらを置いた。中は薄暗い。玄関ドア正面にある作り付けの

素通しの格子棚には、あの時のまま、コードの抜かれた黒い固定電話があった。ペンスタンド付きボールペンと、フキダシ形の分厚いメモ用紙も。

聖がものめずらしそうに室内全体を眺め、格子棚のアンティークふうの電気スタンドや人工の観葉植物に触れる。

「仲よしってわけじゃなかったんですよね？」

問われたが、草は答えなかった。

何かがおかしい。

薄暗くて、あらゆるものが色を失い、違って見えるからだろうか。

素通しの格子棚に近づき、その隙間から中を見直す。突き当たりの壁に大型テレビ、手前に一人掛けの椅子の背、それから右の部屋のドアが見える。特に変わりはないようだ。再度上がり端に近づき、四人掛けのテーブル、その向こうのシステムキッチンや冷蔵庫の方に目を凝らした。

薄暗さに目が慣れ、見えてくるものが多くなってゆく。

「あ……」

あの時は、それなりに片づいていた印象があった。だが、今、テーブルの上には空のペットボトルが倒れ、冷蔵庫のものを食べ散らかしたような跡が残っていた。さらに、手前右の椅子の背もたれにはタオルがだらしなくかかっており、床にも菓子か何かの空き袋が落ちている。どうしたの、と訊かれ、草は口元に人差し指を立てた。何か音がする。耳を澄ます。ずずっと啜る音が二度、聞こえた。テーブルとテレビの中間にある、引戸の開いている真っ暗な方から。麺類を食べる音に違いない。間取りはよくわからないが、道路側の外壁の幅からみて、奥にも部屋があるはずだ。

一人暮らしなんですよね、とささやかれ、草はうなずいた。

「家族だったら、郵便受けを見るはずよ」

互いのひそめた声が、身体をこわばらせる。

その時、音楽、人の声、また別の音楽と聞こえてくるものが目まぐるしく変わった。テレビか、ラジオだ。音量がしぼられ、ほとんど聞こえなくなった。

草は聖と顔を見合わせた。

三面記事が頭をよぎる。留守宅にしばらく居すわる空き巣、人に危害を加えて逃げない異常者も時にはいる。救出時の百々路純子の額には、打撲痕があった。

「一体、誰……」

ほとんど声にならず、草は唾を飲み込む。

第三章

ストーブと水彩絵の具

忙しくめぐる草の頭に、どういうわけか、黄色い付箋つきの千円札が浮かんだ。39‐99、シルバーのバン。なぜ、今まで気づかなかったのか。「9」の多いナンバーのシルバーのバン、作業着姿の男は小蔵屋だけでなく、この辺りにもいた。新聞を止めたいと、新聞配達員に伝えたあの朝に。

草の背筋に冷たいものが走った。

考えてみれば、小蔵屋も、百々路家も老女の独居。

交番に電話を——草は、懐にしまったばかりの携帯電話と老眼鏡を取り出した。二つにつけて首にかけている紐が絡み、手間取る。手間取るというより、待て、と手をつかまれているようだ。はっとした。

郵便物の山に目を落とす。上がり端の壁寄りに置いたその一番上は、二枚の名刺と宅配の不在票を載せた、百々路純子宛の封書。薄暗い中で灰色に見えるその封筒は、実は濃い空色で、住民なら色によってそれとわかる市役所からの通知だ。すぐ下にも同じものがある。

草はかがみ込み、郵便物を再び手にとった。

携帯電話の画面の明かりを使い、宛名を確かめる。下の濃い空色の封書は、百々路圭一宛。しかも、生命保険会社の通知、大手家電量販店の広告葉書など、かなりの数が圭一宛だ。仕分けの時は亡夫宛のものなのかと思ったが、通常、昔に亡くなった者へ生命保険会社や市役所から通知は来ない。

「息子……」

えっ、と小声で応じた聖が身震いした。さっきから覆い被さるようにして草の手元を見ている。

「ずっといたってこと？　こんなにたまる間、ずっと？」

草の頬に息がかかる。草は聖の目を見た。

「もしかしたら、その前から」

「その前？」

「母親が倒れる前から」

携帯電話の青白い光の中で、聖の顔が奇妙に歪む。その顔から、草は目をそらすことができなかった。自分も似たような表情に違いない。

草は首から紐を外し、交番の電話番号を表示してから、携帯電話を聖に手渡した。時刻は、午後五時二十三分。

「道にいて。五時半になっても私が出ていかなかったら、ここから離れて、電話して」

草は足袋になって上がったが、紬の袂を引かれた。引き止める聖の手をそっと退ける。左壁にあったスイッチの一番上を押すと、玄関の天井から下がる、ドレスの裾のようなガラスシェードの照明がついた。明かりとともに、根拠のない安堵が広がり、草は聖とうなずきあって別れた。

玄関の明かりは、家の中をより詳細に浮かび上がらせ、複雑な影を落とした。ダイニングの方の掃き出し窓にはレースカーテンが下がり、表の明るさがまだ感じられた。それに引きかえ、目指す奥の方は真っ暗に見える。ぎしっと床が鳴る。リビングダイニングを抜け、開け放ってある引戸のレール溝を越えると、左右に伸びる廊下へ出た。

右にドアがあった。ドア下の隙間から、廊下へ明かりが漏れていた。机用の電気スタンドのような、白っぽい、弱い明かりだ。ラジオだろう、ジャズのような音楽が微かに聞こえる。カップ麺らしきにおいも漂っている。

左を見ると、ぼんやりした明るみがあった。廊下に沿ってあるトイレそれから浴室だろう引戸の小窓が外の明るさで青白く、突き当たりの別室のドアがかろうじてわかる。

草は意を決して、右のドアの前に立った。

指の関節を使ってノックする。軽くノックしたつもりだったが、いやに大きく聞こえた。

「純子さんから家の鍵を預かった、小蔵屋の杉浦です」

返事はなかった。足袋のつま先を照らすドア下からの明かり、微かに聞こえるラジオにも変化はない。

「あの、もしかして息子さん？」

やはり返事はない。だが、ドア一枚隔ててそこに誰かいるのは確かだ。草はドアに向かったまま、救急車を呼んで鍵を預かるまでを手短に説明した。

「顔を見せてくれませんか。今、郵便物を家の中へ入れに来ましてね、物音がしたから、よその誰かが入り込んだんじゃないかとびっくりしたところで」

言い終わらないうちに、白い紙切れが落ちているのに気づいた。フキダシメモと同じ形だ。足袋のつま先で、ドア下からの明かりへ引き寄せてみると、埃にまみれた文字が老いた目にもかろうじて読めた。

《いらない》

手つかずの食事の盆に置かれた一言だろうか。

すべては沈黙によって拒まれ、その沈黙が重くのしかかってくる。

草は踵を返し、足早に百々路宅を出た。

――お願いします……お願い……。

病室での懇願を思い出し、思わず首を横に振る。

道では聖が焦った様子で電話しており、駆け寄ってきて、娘さんからです、とささやいた。

娘さんはどんな感じの人でしたか、とレジを開けた久実が訊く。

ガラス戸の向こうは、小雨と枯れ葉が風に煽（あお）られているのに、日も出ていた。あと二十分ほどで開店だ。

「そうねえ……」

草はだめになった菊を新聞紙にくるみ、百々路純子の娘、河端十和（かわばたとわ）との電話を思い返す。

昨日、十和は宅配の不在票についてというより、病院経由で再三連絡があるので電話をかけてきたものらしかった。聖に代わって草が現状を伝えるとその途中で、いるのは兄の圭一です、と返事があった。もう九年ほど引きこもった状態であり、二人でひと月暮らせるくらいの食料を備蓄しているはずだと冷静なものだった。草が頼むと、すぐに彼女の氏名と連絡先がショートメールで送られてきた。

「なんというか、落ち着いた人だったわ」

「九年となると、引きこもりも日常なんですかね。友だちの妹もここ何年か引きこもってるんですけど、なんだか家族は明るくて。妹がふらっと出てきたりすると、おー久し振り、とか言っちゃって」

そういった明るさというより、十和の応対は異常事態に慣れた警察や病院関係者を思わせた。話しているうちにこちらまで落ち着いてしまうほどの冷静さだった。

釣り銭の小銭がジャラジャラと、レジに入れられてゆく。

「息子さん、かなりですよね。たとえ三日間お母さんが倒れていることに気づかなかったとしてもですよ、さすがに救急車が来たら気づくでしょう。だけど、それでも人前に出てこなかったなんて」

そのことについては、草も繰り返し考えた。厭世。憂鬱。無気力。実感の持てる何かを当てはめようとするたび、どこか違う気がした。汚れた花鋏を雑巾で拭く。久実がまた口を開く。

「圭一さんは何歳くらいなんですか」

久実の目は、捨てられかけた写真パネルの、昔の生徒たちに向いていた。

「十和さんとは、七つ違いの四十五歳」

小中と同じ学校だが、歳が違いすぎて一度も一緒に通わなかった。短い電話に、そんな話も含まれていた。

捨てた黄色いピンポン菊が、きりっとした芳香を微かな腐臭の中に漂わせていた。枝葉を整理しては、合わせる花器や草花を変えて長いこと飾ってきた。

「差し支えなければ、家の鍵は持っていてほしいと言われてもねえ」

母がお願いしたのなら、とも河端十和は言った。

だが、赤の他人の年寄りには荷が重い。

「娘さん、まさか実家へ来ないつもりじゃないですよね」

草は首を傾げ、新しい花を楕円のテーブルへ置いた。

南米原産のシロガネヨシとロウソクの炎のようなケイトウのドライフラワーを、備前の花器に投げ込んでみた。ふさふさした白銀色の大きな穂と、紫、赤、薄紅色の量感たっぷりの円錐形の花が絨毯やニットを連想させる。今日久実が着ている柄物のセーターに、色合いがよく似ている。

開店直後に、雨は上がった。

最初の客は、五十歳前後の女性。捨てられかけた写真パネルを、あっこれね、とまず見た。人から人へ広められていく小さな写真展は定休日明けもそれなりに客を呼び、募金も少しずつ増えてゆく。

秋のスペシャルブレンドは完売し、それ用のポップも外したが、客はそれぞれ違う興味から写真を眺めていた。背景の小さなもの——今はない古い橋や商店、赤い瓦屋根で蔦の這う岡田写真館など——を指差して懐かしむ中高年。実の収穫から生豆にするまでの重労働を、実家の農業の厳しさに重ねて語るコーヒー通。東京にある母校の制服と似ており、多種多様な職業に就いた同級生たちが国内外に散らばっていると草に話してゆく若い主婦。昔の生徒の楽しげな姿を、ただぼんやりと眺める無精髭の横顔。客は、どうも自らの内にある、普段は気にかけなかった、あるいは忘れかけていたドアを開けることになるらしかった。

「紅雲中の制服、まだあったわ。実家の洋服ダンスに」

「私も持ってる」

「実家だもんね。着てみた?」

「ウエストがあの頃の倍。入るわけないじゃん」

「私は着てみた。鏡を見たら、犯罪だった」

カウンター席で大笑いする主婦二人につられ、草も思わず噴き出す。ふくよかな主婦のほうが、カウンターに腕をついて身を乗り出してきた。

「校長が来たんですってね。生徒が寄り道したら学校へ通報しろって」

連れの小柄な主婦が、しょーもない校長、と吐き捨てるように言った。

私は道草が好きだから、と草は応じておく。カウンターの別の客から写真展はいつまでかと訊かれ、土日までと答えた。当初は、秋のスペシャルブレンドが売れるまでのはずだった。

百々路圭一のことを考えた。こうした間も、彼はあの部屋にいるのだった。自分の気配を極力消し、一人きりであの家に。庭の狂い咲きの桜を知らず、落ち葉を踏みしめることもない。新鮮な空気が肺を満たす感覚や、知らない人のおしゃべりを耳にする偶然も忘れてしまったのだろうか。およそ九年。あまりにも長い。

「たまには、人知れず、外に出たりするんですかね」

閉店後、久実がぽつりと言った。久実もまた、百々路圭一について考えていたらしい。

その夜、草は縁側に座り、空を見上げた。

瓦の庇の向こうに白く輝く星があり、その横を赤いライトが斜めに飛んでゆく。ヘリコプターだろうが、回転翼の音は年寄りの耳にはわからない。

一人で百々路宅のあの部屋にいる、と草は想像してみる。もし外に出ないとしても、そっと窓を開けて、あるいは窓ガラス越しに、夜空を眺めるくらいのことはあるはずだ。

「こんばんは」

男の声がした。人影が庭へ、さらにガラス戸から落ちる明かりの中へと入ってきた。一ノ瀬だった。たたまれた黄色っぽいネクタイが、上着の胸ポケットから大きくはみ出し、極楽鳥花のようだ。

草が掃き出し窓を開けると、一ノ瀬は縁側に腰かけ、やはり空を見上げた。

「マンションで意外な人に出くわして」

「誰？」

「おそらく久実のお母さんです」

草はぎょっとして一ノ瀬を見た。数回聞いてしまった電話によれば、久実は実家に対して同棲を隠しているはずだ。一人暮らし、かつ、賃借人以外の出入りは禁止という賃貸条件があるかのように話していた。

「郵便物を取って振り返ったら、後ろに女の人がいて、ものすごく不審な目で見られまして。直感かな。すぐ外へ出ました」

「ほんとに久実ちゃんのお母さん？」

「マンション前に、茶色っぽい古いサニーが」

草は小さく息をついた。久実はパジェロを車検に出した折、母の車だと言ってそんな色のセダンに乗っていた。マンションの集合ポストで、娘の部屋番号の郵便受けを我が物顔で開けた男がいたとなれば、母親が不審がるのも当然だった。

「今夜、久実ちゃんは飲み会よね」

うなずいた一ノ瀬が、草を見てにやにやしている。草も笑うしかない。

「まったく、久実ちゃんの隠し事は筒抜けね」

「基本的に無理なんです」

一緒に暮らしていれば、同棲を久実が隠していると察する機会は多かったことだろう。知らないふりをするのは優しさなのか、平穏な時間の引き延ばしなのか。草にはわかりかねた。

「まだ知らんぷりを続ける？」

一ノ瀬は肩をすくめ、それはそうと、と話を変えた。

「最近、おかしなのが来ませんでしたか」

覚えのない草は、どういうことかと先を促した。

「山の仲間です。おれに会おうと、糸屋や会社で待ち伏せていたようなんですが」

「また山へ誘われてるの？」

諦めの悪い人たちで、と一ノ瀬が口をへの字に曲げる。相手は一人ではないらしい。これまで草が聞いたところでは、一ノ瀬は多くの場合単独で登るが、山岳救助やその他の活動にも請われて参加していた。

「小蔵屋にも来るって？」

「久実がいるからやめてくれとメールには書きましたが……」

一ノ瀬が話を中断し、急に立ち上がった。

草は彼の視線を目で追った。庭の入り口の暗がりに人がいた。近づいてくる。黒っぽい上下に、やや光沢のある薄手の羽織りもの。その上には、見覚えのある顔が載っていた。

「久実ちゃ、いえ……久実さんのお母さんじゃあり――」

草の言葉を遮って、やっぱり、と言ったきり、久実の母親は黙り込んだ。

赤ら顔の久実が駆けつけた時、柱時計が九時の正時の鐘を打った。

久実は居間へ上がるなり、台所から出てきた草に向かって頭を下げ、炬燵（こたつ）にいた母親の腕を引っぱって立たせようとした。

「お草さん、すみませんでした。お母さん、もう失礼しよう。明日あさって、小蔵屋は土日がうんと忙しいの。ご迷惑でしょ」

しっかりした体つきの母親は、久実の力をものともせず、その手を振り払った。背後にある隣室との境の襖に、肘が当たった。

「久実！　あんたって子は、どっちに向かって謝ってるの」

「はあ？」

「親だけが知らないって、どういうことなのよ」

化粧気のない目元に涙が滲み、久実の数十年後を思わせる頬を伝った。

もしかしたら小蔵屋の店主は全部承知しているのではないか、そう思ってここを訪ねてみたら、一ノ瀬がいたのだ。

――やっぱり。

ああ言いたくなるのもわからないではない。母親の身になって、草は思う。

「どうして、二人で暮らすことを隠してたのよ！」

「決まってるでしょ。こういうふうに騒がれるのが嫌だから！」

「その口のきき方！」

母親の向かいに座っている一ノ瀬が、ちらっと天井を見上げた。微かに、スーツの肩が下がる。誰にもわからないほど小さく息をついたものらしかった。

草は盆を置き、炬燵についた。さきほど久実の母親と一ノ瀬の双方から茶を断られたものの、熱い紅茶を淹れ、個包装のチョコレートとクッキーを添えて出した。紅茶の入った土ものの器は手のひらから身体をあたため、甘いものは心を和ませるはずだが、この場の役には立ちそうにない。

それでも、紅茶の湯気が消えないうちに、母子の言い争いが途切れた。

草が向かいの座布団を勧めると、久実も座った。角を挟んだ右にいる母親のほうは、脚の上で両の握り拳を震わせている。

「ど……どっちも同じように育てたのに……」

久実の兄は妻子を得て両親と同居しており、親としては絵に描いたような孝行息子なのだろう。紅潮した久実が大きく息を吸って反発しかけたところで、草は初めて口を挟んだ。

「親の思うように育つ子なんて、なかなかいやしませんよ」

母親が草をにらんだ。子のいないあなたに何がわかる、全身がそう言っている。草はやんわりと続けた。

「私も子供でしたから、わかるんです」

久実の母親がちょっと目を見開き、表情を幾分やわらげた。

「それに、この人たちは大人同士。好き勝手させればいいじゃありませんか。どうなろうと、きっと今晩のお母さんを久実さんは忘れませんよ」

草は自分の母を思っていた。戦後の混乱期に芸術一筋だった男との恋愛に、母も反対していた。父と違って、あからさまに言わなかっただけだ。先々苦労するとわかっていながら山形へ嫁にやったものの、娘は出戻った挙げ句に、先方へ置いてきた子を水の事故で失った。ある日気づいた時には、母の皺や白髪は何倍にも増えていた。

口を引き結んだ久実が一ノ瀬を見た。

束の間目を合わせた一ノ瀬は、上着の内ポケットを探って名刺を出した。

「一ノ瀬公介と申します。父の創業した一ノ瀬食品工業に勤務しています」

久実が現れるまで母親が頑なに黙りこくっていて声もかけられなかったため、順序が逆になっていた。

母親は名刺を受け取り、老眼に負けまいと目を細めて読む。

「あの、梅の一富(いちとみ)の……」

草の目でも、名刺の右上にある筆字のロゴマーク「梅の一富」が見える。一ノ瀬食品工業は、本業の食品包装機械よりも、大規模な一富梅園と梅の加工食品で名の知れた県内有数の企業だ。母親の目は、名刺と一ノ瀬の顔を往復。その母親の姿に久実は眉をひそめ、一ノ瀬は表情を変えない。

「こう自己紹介すると聞こえはいいのですが、つい最近まで山登りのためにバイトをしていただけの人間です。彼女と初めて会った日も、山から帰ったところで、ひどい格好をだいぶ嫌われました」

久実の母親が、名刺を炬燵に置いた。不安げな横顔だ。草は、いつかこんなことになるだろうと思い、若い二人のために言うべき言葉を考えてあった。彼はしっかりした人だ、久実さんを一番苦しい時に支えたのも彼、私も助けられている、と言うのは簡単だ。だが、それを徐々に母親が自分自身で知ったほうが確かだろうと考えた。

「お母さん、帰ろう。今夜、ちゃんと説明するから」

母親は久実を見ず、硬い表情のまま、座布団からつつっと襖の方へ退いた。なんだろうと草が思う間に、母親は座布団を端にのけ、両手を畳について深々と頭を下げた。

「どうか、この子を幸せにしてください」

場の空気が凍りついた。

久実の顔は引きつり始め、一ノ瀬は相変わらず表情を変えない。

——公介に、変なプレッシャーをかけたくない。

常々彼のことを優先して考えてきた久実を思うと、草はいたたまれなかった。しかたなく紅茶でも勧めようとした矢先、お母さん、と久実が呼んだ。低く重い声だった。

「あたしって、頭を下げてもらってもらわなきゃならない代物なの？」

娘を見た母親は、はっとし、口元を手で覆った。久実の顔面は蒼白だ。

久実の複雑な気持ちは、草にも伝わってきた。以前久実に何が起こり、どれほど打ちのめされたかを知る者なら理解できるはず。だが、大事に思うあまり、かえって傷つけてしまう場合もないではない。

久実は出てゆき、一ノ瀬は一礼してあとを追い、久実の母親も動揺したまま去っていった。誰にも追いつけないと知りつつ、草は外へ出た。

夜風は妙にあたたかく、店前の駐車場には久実のパジェロのみ残っていた。

午前四時に降り始めた雨のため、客足は鈍く、土曜とは思えないほど店は静かだ。眠りの浅かった草は、あくびをかみ殺す。

カウンター席では、自称、他では元気印の常連客がまた頬杖をついていた。

「空き家管理、岐阜の会社に頼んでみたんです」

「あら、よかったじゃないですか」

浮かない顔の客を尻目に、草は試飲のコーヒーを淹れる。よくなさそうなことはわかっている。会計カウンターの方で、コーヒー豆のケースをやたらと熱心に拭く久実にしてもそうだ。出勤してきた久実は、昨夜はすみませんでした、もう平気です、と言ったきり。草が店前の駐車場で拾った久実宛の運転代行の領収書を手渡しても、ぺこりと頭を下げただけで、あれから個人的な話はしていない。

「今日、お子さんたちは?」

「この雨でしょう、めずらしく上も下も家にいて。夫まで。野郎三人、どいつもこいつも文句ばかり言ってるから、カップ麺を置いて出かけてきたの」

「案外、カップ麺を喜んでたり」

草が冗談を言ってコーヒーを出すと、あはは、と客は笑った。笑いが収まらないうちに口にしたコーヒーが、槿花色のたっぷりとしたセーターの胸元へ垂れてしまい、あわててティッシュで拭う。草も濡らした布巾を手渡したが、その前にコーヒーは毛糸に付着した水滴のうちに拭き取られ、染みにならずに済んだ。客は大事そうにセーターをなでる。

「前からある不動産屋なの。空き家管理」

「なら、安心でしょう」

「不必要な修理を勧められたりとかはないと思うけど」

「高い？」

客は黙ったまま、肩をすくめた。かかりはするが、妥当なのだろう。北関東から岐阜まで往復して自ら実家を管理するより、物心両面で負担は少ないはずだ。

「後ろめたい」

意外な答えに、流しまわりを拭いていた草は顔を上げた。客は白磁面取りのフリーカップを両手で包み、左の漆喰壁の方を見ている。そこには、捨てられかけた例の写真パネルがあった。

「小さな古い家だけど、両親が必死に働いて建てた家なの。だから、人に頼むのって……なんだか……」

親、墓、生家。残してきたものに心を痛める人たちを、草もここで数多く見てきた。自身を振り返っても、小蔵屋を改築した折、あるいは米沢でのうまくいかない結婚生活の中で、親を裏切ったような気持ちに襲われた覚えがある。自宅に残る家族、施設へ入った父親、懐事情、あれこれ考え合わせて手を打った人でも、そんなものなのかもしれない。

「順繰りですね」

順繰り、と鸚鵡返しに訊く客に、草は続ける。

「前の代も、後の代も、おんなじことを感じるのじゃないかしら」

がらっとガラス戸が開いた。

三十代だろう女性客が、タクシーから傘を広げずに駆け込んできたのだった。長傘の他に、分厚い書類鞄を二つ持っている。店をざっと見た目つき。真ん中分けのこなれたまとめ髪、渋いチェック柄のストールの無造作ながら洒落た巻き方。時間に追われ、ものの数分で身なりを整える朝が見えるようだ。彼女の連れている時間だけが、妙に忙しい。

草は、いらっしゃいませ、と声を張る。身体に馴染んだ黒い上着の水滴を払い、久実に豆を注文するその客に試飲を勧めていると、常連客が槿花色のセーターの胸元をつまんだ。

「母のが似合う歳になるわけね」

常連客が豆を買って帰る頃になって、客が増え始めた。

雨はやまず、夕方まで客数は通常の土曜の二、三割減。だが、疲れのたまった老体にはむしろありがたかった。

午後六時過ぎには二組帰り、カウンターの一人客だけとなった。

楕円のテーブルから器を下げる草へ、会計カウンターにいる久実がちらっと視線を送ってくる。目が、あのお客さんなんでしょうね、と言っている。

午前中にタクシーでやって来た黒い上着の忙しそうな女性客が、またさきほどタクシーで来て座っているのだった。二十分ほど前に分厚い鞄二つを提げて、傘を広げずに入ってきたその時点で、草は久実と顔を見合わせた。今度もまた豆を買い、ストールも外さずに試飲のコーヒーを啜っていた。ゆるいまとめ髪から半分ほど覗く耳には、小さな輪のピアス。表情はひきしまり、後ろ姿でさえ何かしきりに考えているような近寄りがたさがある。

心の声が聞こえたかのように、客が振り向いた。席を立って会釈する。

「百々路の娘の、河端十和です。この度はいろいろとお世話になりまして」

久実は目を丸くしたが、草はあからさまな驚きは控えて会釈を返した。

「ああ、そうでしたか。先日はお電話で失礼しました」

最初に来た時に声をかけてくれれば、何も二度も義理で豆を買わなくたって、と思うそばから、彼女の配慮を考えるとそんな話を口にするのも無駄のように思えた。

「この間に、ご実家の方へ？」

「いいえ。病院に」

午前中は再度タクシーを呼んで去っていったのだから、これも無駄といえば無駄だった。

「お母さん、いかがですか」

「悪いところは取りましたので、今は安定しています」

カウンターに置いてあった携帯電話が鳴り、十和は電話を受けて表へ出ていった。外へ出るまでに、締切り、色校といった言葉が聞こえた。

「出版関係でしょうか」

「さあ」

草はカウンター内へ戻ろうと、試飲の器を載せた盆を持った。その途端に、カウンターの椅子から十和の書類鞄——軽そうな素材の黒と茶色の二つ——がどさどさと落ち、ファスナーが締まらないほど満杯の中からファイルなどが飛び出した。十和が立った拍子に不安定になってなだれ落ちたものらしく、久実がカウンターから走り出て拾い集め始める。草はカウンター内からガラス戸の向こうを見た。黒い上着の背中は、雨の方を見てまだ電話中だ。そういえば、午前中もこんなふうに何度か電話していた。

「それにしても、忙しそうな人ね」

二つの鞄を椅子へ戻し、散乱した手帳やノート、数冊あるファイルなどもカウンターに拾い上げた久実が、ファイルの開いてしまった箇所や透明なポケットから飛び出した書類を凝視して難しい顔をし、やがて他のファイルまで覗き始めた。

「これっ、久実ちゃん」

草はたしなめたが、久実がやめない。軒下の彼女は、相変わらず外を向いたまま電話中。久実も首を回してその様子を見たあと、厚み約二センチのファイル五冊を、背表紙を揃えて草へ示した。表紙は右から、水色、黒、青、ピンク、グレー。背表紙のラベルには、それぞれに「百々路純子」「百々路圭一」「河端貞三郎（ていざぶろう）」「河端多江（たえ）」「河端金属工業」と書かれている。やや四角張った、真似できない味のある文字だ。久実が青の「河端貞三郎」から左三冊を順に指差し、ホスピス、循環器病院、二千万円返済計画書、と言った。それ以上話す間もなく、ガラス戸が開いた。

「すみませんでした。仕事の電話で」

「鞄が倒れて落ちちゃって」

「誰もいないし、もう一杯いかが？」

三人三様の言葉を同時に発し、礼を言ったり、うなずいたり。荷物を鞄に納めて二杯目のコーヒーを啜り始めた十和は、ここ数年実家とは距離を置いていまして、と切り出した。

「どうして」

「拒まれたからです。食材の定期配達、家政婦、往診、ヘルパー。共倒れにならないようにいろいろ試みましたが、とうとう私や夫まで拒むように。今なんて、使う時しか電話をつなぎませんし」

コードの抜かれた黒い固定電話を思い浮かべ、なるほど、と草は思う。

豆皿に出されたナッツ入りのクッキーを、いただきます、と十和はすぐ口に運んだ。ざくざくと噛んで味わい、おいしいです、手作りみたい、と感想を述べ、またコーヒーを啜る。近くにできたパン屋のクッキーだと教えられ、その店名まで訊いた。

「私を罵(ののし)るのはともかく」

パン屋の店名まで知ったところで、十和が話を戻す。

「口では上手いこと言って腹では見下してる、そういうところが大嫌いだなんて、夫のことまで。直接じゃありませんけど、電話の声がそばにいた本人に聞こえてしまったので、同じことです。こっちは気まずくて」

「お母さんが手助けを拒む？」

「兄も。あの暮らしを守るために、二人は協力するんです」

会計カウンターにいる久実が、ぽかんと口を開けていた。草も口を開けていたことに気づき、あわてて閉じる。守るといったって、病で倒れても誰にも気づかれないような暮らしなのだった。

十和の話は続いている。

「九年前、母が足を骨折して一時車椅子生活に。その直後、兄はシャイン化学を辞めて東京から帰ってきました」

「洗剤や建材の、あのシャイン化学」

「ええ。兄は理系で」

「介護のために仕事を……」

「いいえ、引責で辞職を。介護離職のように見えますし、兄自身もそう人に言っていましたが、時期が重なっただけ。ふさぎ込み、東京の暮らしを投げ出してきたんです。私たち夫婦は仕事を抱えながら、兄のマンションを引き払い、転居届その他諸々の手続きをし、母の通院・リハビリ、母と兄の生活の支援を。母が回復するにつれ、兄はますます人と接触しなくなりました。不眠や軽度の鬱との診断で一時薬も処方されましたが」

十和は引き締まった顔に、あきらめたような笑みを浮かべた。

「失礼ですけど、お父さんは？」

「二十年前に亡くなりました。稼ぎのいい父ではなかったので、母が家を建てて家族を養ってきたようなものです。定年まで保険会社に勤めていましたから」

「あの……その会社は、ご主人の？」

草は茶色い書類鞄を目で示す。大きく開いたファスナーの間から、グレーの「河端金属工業」のファイルが覗いていた。

「おじの会社です。ガタガタしてまして」

夫のおじ、なのだろう。軽い口調だった。その軽さは、できることはするが限界があるとでもいうような、一種の達観を感じさせ、彼女の語り口に通底していた。

聞けば、近くに住む義父が長男だが高齢になったため、代わって夫が親戚のあれこれに協力しているという。

「ご主人のごきょうだいは」

「一人っ子。いとこゼロ。少子高齢化、ただいま実感中です。幸い子供がいませんので、その点は気楽というか」

久実が向こうで目を見開く。幸い子供がいませんので、の言葉に驚いたようだ。

十和はコーヒーを飲み、灰釉の器を両手に包んで息をつく。草は継ぐ言葉がなかった。記憶をたどれば、自分の受診履歴さえ曖昧だった。親族に何事か起きるたびに即応できるよう工夫すると、個々のファイルを作って持ち歩くところに落ち着いたのだろう。若い夫婦の肩に、実家の二家族が乗っている。いや、おじの家を加えて三家族、あるいはおじの会社の社員まで含めれば何家族になることか。

母が来ていたんですね、と十和があらためて店内を見回す。

別に懇意ではないと伝えたはずだった。小蔵屋の顧客名簿に百々路純子という名はなかったし、こうなるまで顔も知らなかったのだ。だが、草は十和の思い違いを聞き流した。

「できるだけ、働きかけてみるわ」

本当は、家の鍵を返してしまいたいと思っていた。だが、手には百々路純子から手渡された細い糸が握らされている。それは、あの家の、閉ざされた奥の部屋へと続いていた。たすけてと書かれたフキダシメモ。鈴付きの鍵。これが最後の糸だとしたら……。

「おそらく、無理です」

十和が微笑み、首を横に小さく振る。身内がお手上げなのに、という声が聞こえてくるようだ。母と兄の不安定な暮らしが破綻する日を見越し、覚悟していたのか。ひょっとすると、予想より、現在はまだましなのか。感情的な反応は皆無に等しい。

「まあ、郵便物を家の中へ入れる程度でもね」

他人のほうが熱心な口振りなのが自分でも可笑しくなり、草も口角を引き上げる。他人の無責任の成せる技だとも思う。

次の客が来ないまま、閉店時間となった。

もうレジも締めてしまい、戸締りくらいしかすることもない。タクシーを呼ぼうとする十和に、久実が駅まで送ると声をかけ、事務所へ荷物を取りに行く。先に、草は十和と店前の駐車場へ出た。雨は上がり、少し風が冷たい。

何かの時には、と十和が二枚の名刺を出した。

「私がつかまらない場合は、夫のところへかけていただけますか」

草が名刺を受け取ると、十和がくんくんと鼻を鳴らした。

「ストーブのにおい」

十和は風上へ顔を向けていた。彼女にならい、草も風のにおいを嗅いでみる。なるほど、石油ストーブらしきにおいがする。しばらくぶりに燃やし、煙が多くて炎が安定せず手こずる時の、そんなにおい。昔の小蔵屋では使ったものだ。

鍵をジャラジャラさせながら、久実が草たちの後ろを抜けてパジェロの方へ行く。

「おうち、表からだけでも見てみます？」

小走りに急いで久実と肩を並べた十和は、いいの、とはっきり首を横に振った。


彼らは彼ら。自分は自分。

彼女の親族に対する距離の取り方は、ある種、徹底している。

「冷たいのとは、ちょっと違いますよね」

「やっぱり、共倒れにならないための策なんでしょ。心の面でも」

「そう言ってましたね、十和さん」

開店前の掃除中、つい河端十和の話になる。

彼女の名刺は、肩書のない「カワバタトハ」。夫のほうの名刺は「河端建築設計事務所　代表」とあった。一ノ瀬がくれたという、アメリカの薄い週刊誌の日本版にカワバタトハの名が載っていた。半ページ分の風刺画の作者だった。政治や社会情勢を扱う雑誌にふさわしく、内容は辛辣(しんらつ)

だが、海外の大人向け絵本を思わせる繊細な魅力がある。

「車の中で、イラストレーターだっていうのは聞いたんですけど」

「ただのイラストじゃないわね」

カウンターに広げたままの週刊誌を、草は身を引き、目を細めて、あらためて眺める。

淡い色あいに照らされたような空間に、早描きふうの硬い細線で描かれているのは、おとぎ話のような王族の舞踏会。王が飼い犬数頭の鎖を握り、飼い犬たちは招待客にじゃれたり嚙みついたり、招待客の一部は傷だらけになりながらも王を讃えて踊り続ける。城の外には屍の山と、招待枠の空きを待つ長い行列。肝心の王も、実は手足が糸で吊られた操り人形。添えられた手書きの英文は「音楽が聞こえない」という意味だそうだ。国のありようを破壊する権力者と側近、その実態に目をつむって些細な欲を満たそうとする支持者たちを表していた。そんな状態では、神の恵みともいえる美しい旋律は聞こえまい。現実にどの国を指すのかは明記されていないが、この時代を生きる大人ならば察しがつく。

草は続きを掃こうとして、箒を止めた。

カウンターと椅子の脚の間に落ちていた平筆を拾う。全体が黒っぽいので、昨夜拾い損なったらしい。草が平筆を見せると、えーっ仕事道具なのに、と久実が自分の落ち度のような顔をした。

「他にも持っているだろうし、そのうち連絡が来るでしょ」

百々路家のことはいったん脇へ置き、草は薄い週刊誌を閉じる。一ノ瀬と久実がそれなりに仲よく暮らしているらしく、ほっとした。いろいろありすぎて、久実の母親がここへ来たのはつい一昨日だというのに、もう何日も前の出来事のようだった。

この日も、街中のフリーマーケットや音楽イベントに人は流れ、通常の日曜より客が少なめとなった。

夕方六時半過ぎ、平日に来ることの多い常連がカウンターに座った。ホテルでの会合に出席し、立食が億劫(おっくう)で懇親会を断ってきたそうだ。どうしてもうまいコーヒーが飲みたくなった、と言い、試飲のコーヒーをありがたそうに啜ると久実に豆を注文した。

「お草さん、知ってるかい」

「なんですか」

「糸屋の話が止まったってさ。当てが外れて、銀行の融資がだめだったらしい」

あらまあ、と草はカウンター越しに応じ、足元にいた一ノ瀬と顔を見合わせる。一ノ瀬は、工具箱から釘抜きを出したところだった。

もしまた売りに出たら今度こそお草さんだ、と常連がからかう。以前、糸屋に買い手がつかなかった頃、買わないかとここへ話を持ってきたのはこの人だった。草は、手も足も出ませんよ、と常連に応じ、一ノ瀬に向かって一つうなずく。

カウンターの向こうへ出た一ノ瀬が、例の捨てられかけた写真パネル二枚を壁から下ろした。写真パネルは、引き取り手の西尾という主婦へ渡された。

ありがとうございました、と西尾が草へ頭を下げる。

「こちらこそ、ありがとうございました。思った以上の反響がありましたよ。口コミで広がったみたい。そこに写っている同級生もいらしたんじゃないかしら」

「はい。これを機に、久し振りに連絡をとったり、会ったりしてます」

ぺこっと頭を下げた時の笑顔は、主婦のそれではなく十代のようだった。

西尾を外まで見送ってきた草に、常連が微笑む。

「紅雲中の校長は、うっかりしたね。相手を知らずに余計なことを言ったものだ」

誰からどう聞いたのか、常連は校長との一件を知っていた。草が黙っていると、くすくす、くすくす、控えめな笑い声が客の間から聞こえ始めた。壁の木部から釘を抜く一ノ瀬、レジを打つ久実も堪えきれずに笑っている。

「彼はだめだ。馬鹿が幅を利かすようになると、国が滅ぶ」

笑い声がぴたりとやんだ。

常連は、もう笑っていない。穏やかな声だけに、言葉がくっきりと残った。草同様、戦争を体験した年代だ。

あの頃、それまでおとなしかった教師が目の色を変え、恥を知れ、御国の一大事におまえは、と何かにつけ生徒を殴るようになった。正当性も勝ち目もない戦に、いい大人たちが踊り踊らされ、次々若者を戦場へ送り出した。あとは崖に向かって突き進むネズミの群れ。否でも応でもその流れに呑み込まれ、生死は時の運。のちに青ざめようが涙を流そうが、そんなものは何の役にも立たない。

草も思うところはあったが、校長先生と違って上の学校に行ってませんけどね、とやんわり返す。

「学歴で馬鹿利口がわかるもんか」

常連は笑みを浮かべ、席を立った。

展示物を外してくれた一ノ瀬も、閉店後、久実と車を連ねて帰っていった。

――家族には久実がそれなりに説明したようです。

小声でそれだけ報告していった。

草は、寄付金の入ったガラス瓶を事務所の棚へ戻した。予想よりずっと重くなり、振るとアルミ蓋やガラス本体に小銭が当たって、いい音がする。

履かなかった黒い革靴を思った。

遠い昔、戦後の貧しさが癒えない頃のことだが、その靴の赤茶色い箱、金具付きのベルトで甲を覆う英国ふうの洒落たつくりが、今でもはっきりと目に浮かぶ。知り合いから譲られ、素敵だねえ、たまにはスカートをはいたらいい、と母と父がにこやかに応対した。誰かの履いた痕跡が、横筋になって革に残っていた。こんな時代にこういうものを履いていたんだなあ、と不思議でしかたなかった。戦地から帰らなかった兄、満足な薬もなく病死した妹の顔が浮かんだ。靴が悪いわけでも、くれた人のせいでもないのに、胸が重苦しくなった。後年、その靴を押し入れで目にした時には、すっかり黴（かび）に覆われており、捨てるのに躊躇はいらなかった。

水曜の開店前に、河端十和からチョコレートの詰め合わせが届いた。

銀座のチョコレート専門店の箱を前に、久実が手を叩いて喜ぶ。その久実が楕円のテーブルから離れ、ガラス戸へ近づいていった。

「どうしたの？」

「開店待ちでしょうか」

久実と肩を並べ、草も表を見てみた。道路に近い左端の枠に、シルバーのバンが停まっている。ガラス戸まで三歩ばかりあるが、運転席に男らしき人影が確認できた。こちらを見ているようだ。開店までには、まだ十五分ほどある。

「ナンバーが見えないなあ。３９-９９でしたっけ」

久実は、試飲に代金を払っていった客かもしれないと考えたようだ。

草は漆喰壁の方の、横にわたる木部を見上げた。写真展で作ってしまった釘穴を、今朝、一ノ瀬が補修してくれたばかりだった。一富梅園での打ち合わせのついでに立ち寄り、つい何分か前、チョコレートを届けた宅配業者と入れ違いに出かけていった。

先日、一ノ瀬は言った。

――最近、おかしなのが来ませんでしたか。

となると、山への誘いかもしれない。糸屋から引っ越し、家業で飛び回る一ノ瀬を捕まえるには小蔵屋と踏み、外回りのついでに寄ってはみるものの、今朝もすれ違いに終わった可能性はある。

――久実がいるからやめてくれとメールには書きましたが……。

一ノ瀬としては、これ以上、久実の心に波風を立てたくないのだろう。

久実が奥の事務所から、黄色い付箋つきの千円札を持ってきて、草の目の前でひらひらさせた。寄付金のガラス瓶から持ってきたのだ。

「見てきます」

「待って」

草は、久実の手から千円札をすっと引き抜き、午前中に商品がたくさん届くからと倉庫の整理を頼んだ。少々つまらなそうに倉庫へ行く久実を見届けてから、店前の駐車場へ出てみると、果たしてバンのナンバーは「39-99」だった。草は、自分が書き加えた余計な部分――作業着、約2時間、聖さんの母と居合わせる――をちぎりとった。

シルバーのバンは、板塀に向けて鼻先から停まっている。

草は助手席側の窓から、おはようございます、と呼びかけた。助手席の窓が開き、運転席の浅黒い男が会釈する。四十前後だろうか。目尻には笑い皺が刻まれ、真顔でも微笑んでいるように見える。厚みのある身体を作業着に包み、ハンドルを握る手には結婚指輪をしていた。

草は藤色の割烹着の腕を車内へ伸ばし、二つ折りの千円札を差し出した。

「試飲のコーヒーなので、御代はいただけません」

指の短い、やわらかそうな手が札を受け取る。助手席のシートには、建材のカタログや「シャインエース」と印刷された大判の社封筒、ケース入りの名刺などが積んであり、いかにも外回りの途中といった様子だ。

男は幅の広い顔に戸惑いを浮かべたものの、二重の小さな目で「林様」と書かれている黄色い付箋を読み、納得したらしかった。

「すみません」

整髪料のついた、尖った短髪の頭が少々下がる。

「待ち人来たらず、ですか」

林は答えなかったが、否定もしない。

「百々路さんのお宅……いえ」

草は、百々路宅のある方向を手で示した。

「向こうの方でも、朝、お見かけしましたよね。ひょっとして私に——」

頼みがあるのではないか、と草が言い終えるより先に、林がどうにかしてほしいという素振りを見せてうなずいた。

「伝えていただけませんか。一度だけ、会って話したいと」

すみません、とまた頭を下げる。

「今朝すれ違いだったたんですよ。用があって来てたの」

林は眉間に皺を寄せ、残念そうに肩を落とす。

別に唯一の機会を逃したわけでもないだろうに、ずいぶんな落胆のしようだった。

それだけ一ノ瀬に戻ってほしいという山の仲間の思いが強いのだろうと、草は誇らしいような、気の毒なような複雑な思いで答えた。

「わかりました。一応、伝えてみます」

すみません、と林はもう一度頭を下げた。シルバーのバンは橋の方へ去っていった。

倉庫から戻ってきた久実は返金できたと知ると、なんだか今日はラッキーなスタートですねえ、とガッツポーズを見せる。

いつか山へ帰るのではないか――一ノ瀬についてふいにそんな予感に襲われた草は、いらっしゃいませ、と最初の客に一段と声を張った。

紫がかった艶やかな灰色の短髪の、時々一人でこの時間に訪れる客だった。

三つボタンをしっかり閉じたツイードの上着に細いジーンズ、白いスニーカー、首には秋色のスカーフを巻き、今日も若々しい。

「やあだ、もう写真展は終わり?」

ええ、とうなずいた草に、客は少々不満げだ。

「校長に観なさいと言ったのよ」

草は返事に窮した。

「いとこなの。あれで、昔は泣き虫でかわいかったのよ。出世欲にとりつかれてから、おかしくなっちゃって」

草は微笑み、返答を控えた。校長が何を信奉しようが、おかしくなろうが、そんなことはどうでもよかった。問題は、履ける靴下を切ることが教育の一環にされている点だった。異常な事態が普通になり始め、人の心身にしみ込んでしまえば、簡単には戻れない道を進むことになる。

その午後、由紀乃はチョコレートのカカオ色の箱を開け、甘い香りを胸いっぱい吸い込んだ。掃き出し窓から日が差し込み、由紀乃宅は温室のようだ。食後ということもあり、ソファでじっとしていても暑い。

「久実ちゃんには？」

「二箱あって、片方あげたわ。好きなのをどうぞ」

由紀乃が安心したように微笑み、縦横に並ぶ様々な種類のチョコレートの中から、巻き貝のようなホワイトチョコレートをつまむ。

棚の上には、久実と一ノ瀬の写真が飾ってある。

二人は由紀乃からプレゼントされた、いろいろに使えるニット製品を身に着けて笑っている。一ノ瀬は青系の縞柄の帽子にして、久実は赤系のネックウォーマーにして。ベランダでみんなと撮った写真と一緒に、郵送されたそうだ。久実ちゃんから手紙が届いたの、と由紀乃は先日とてもうれしそうだった。

やや汗ばんできた草は、縞の紬の襟元を少しゆるめた。

「どうしたもんだか」

「百々路さんの息子さん？」

「ええ」

由紀乃は、なぜか百々路宅の話をよく覚えていた。十和がイラストレーターだとか、東京住まいで建築設計事務所を営む夫がいるだとか、そういった細かい説明は何回も必要なものの、純子が入院しており、圭一が引きこもった状態だということを忘れない。

草はほうじ茶の器を下げ、新しく紅茶を淹れた。二人でまたチョコレートをひとつまみする。きのこの炊き込みご飯、出し巻き玉子、ほうれん草のごま和えなどを詰めてきた小さな二段重は、きれいに空になっている。

草がそろそろ店に戻ろうと思った時、しばらく黙っていた由紀乃が口を開いた。

「あのね、歩いてみて初めて身に沁みたのよ。ああ、歩けなくなってたんだって」

すっと、黒い影が床の日向を横切っていった。

鳩か何かが、掃き出し窓の近くをかすめ飛んだものらしい。

最初の救急搬送後、ベッドから病室、病室から院内、そして自宅へ。長く厳しいリハビリを経て、現在の生活へと行動範囲を広げてきた由紀乃の道程を、草はあらためて噛みしめる。


バタバタという轟音に驚き、窓から青空を見上げた。

向かいの棟の屋上へ救急搬送のヘリが下降してきたというのに、灰色の長い髪に囲まれた白い顔は目を開けない。殻に閉じこもるかのように眠り続けている。

草は病室の隅のテーブルへ、チョコレートの礼を書いた一筆箋と平筆を重ねて置いた。テーブルには他に未使用の紙おむつ、日用雑貨の入った紙袋、小さなクッションが二つ、病院関係の書類が入った透明な薄いファイルがきちんと並べられ、布貼りの椅子の片方には「ランドリーバッグ」と書かれた防水の大きな手提げが置かれており、入院生活にも慣れた様子が窺い知れる。

病室を出た草は、ちょうど来たエレベーターに乗り込んだ。

白衣とパジャマを尻目に、デパートの折り込みチラシを思い浮かべる。

これからデパートの地元展で好きなものを買い、由紀乃と夕食をとる予定になっていた。由紀乃から言いつかったのは、黒毛和牛弁当、おからを出さず大豆すべてで作るなめらかでこくのある豆腐、さつまいものような食感の花いんげんのぬれ甘納豆。

にわか雨の予報だったが、外はよく晴れていた。

一階通路の大窓から、裏庭のベンチが見えた。白い小型のパレットを広げて絵を描く女がいる。シャンパン色の上着、海老茶色のストールの上に、髪をゆるく一つ縛りにした小さな頭が載っている。傍らに例の書類鞄が二つあり、河端十和だとわかった。

草が近くのドアから近づいてゆくと、十和の膝の上には、丘陵と河原の景色がやわらかな色調で切り取られていた。透明な軸に水の入った筆により、点在する紅葉の赤味に滲みが加えられてゆく。眼前には、観音像の立つ丘陵と長い橋の架かる河原が視界いっぱいに横たわっていた。

「お仕事?」

振り向いた十和はまぶしそうに目を細め、はあ、まあ、と曖昧に答えた。担当医と打ち合わせがあるのだが、急患で少し待たされているという。駅寄りの病院に転院が決まるはずらしい。

草は勧められて、ベンチの右端に腰を下ろした。

「ここより駅に近くなるから、よかったわね」

「ええ、助かります」

草はチョコレートの礼を述べ、平筆を病室に置いてきたと伝えた。十和が初めて気づいた様子で、ベンチにある水彩の携帯用パレットに目をやった。アイシャドウか何かのように、丸い十数色が並ぶその隅には、あの平筆に似た黒っぽい丸筆が一本入っていた。

「またお手数をおかけして」

「買い物のついで」

名刺には、カワバタトハ、とあったのだった。

結婚後に始めた仕事なのかと草が問うと、よく訊かれると十和は笑った。初めて見せた、くつろいだ笑顔だった。会社勤めをしながらイラストを細々と描いていた当時のマンションの、たまたま前にあった事務所の看板からとった姓なのだが、カワバタトハ宛の郵便物が事務所のほうへ誤配達されたのがきっかけで結婚に至ったのだと聞き、草も笑ってしまった。

「宛名を見ないで受け取った上に、開封しちゃいまして、と」

「未来の新郎が配達を？」

「ええ。中身は掲載誌だったものですから、どんなやつか見てやろうと思ったみたいです。男性誌の付箋のついたページに、グラマーなイラストが載っていたので」

十和の横顔が、いくらか血色がよくなったように見える。

草は一ノ瀬と久実の母親、それから自分と百々路圭一のことを考えた。どちらもやはり郵便物が接触のきっかけだったが、十和と夫の関係とはまったく違う。せめて圭一の人となりを知りたいと思ったものの、十和の表情を見るとその話をいま持ち出すのはためらわれた。

十和の携帯電話が鳴った。

それを機に、それじゃまた、と草はベンチをあとにした。

仕事の電話らしい挨拶が聞こえる。

「試しにスケッチを始めてみました。でも、どうも家族って柄では」

草は足を止め、ベンチの後ろ姿を見やった。

「ストーブと、水彩絵の具、いい思い出はこの二つだけです。冗談じゃなくて」

十和が小声で笑う。

「家族がそろって楽しかったのは、しまってあったストーブを父が出して最初に点ける時。あとは、兄が初任給で買ったプレゼントを配った時。私はゴージャスな水彩絵の具でした、以上みたいな感じ。典型的な鍵っ子、親は不仲。逆さにしても、この二つ以外、何にも出てこなくて。……うちは丸いストーブでした。対流式？　……ああ、それですね、魔法のランプみたいなメーカーの。創作していいならかまいませんけど……いいって、エッセイでしょう？　どうかなあ。ご依頼は大変ありがたいのですけど――」

ヘリが飛び立つらしく、バタバタという轟音が辺りを覆った。

故郷の風景画と、家族の思い出を綴ったエッセイ。

カワバタトハが断るのだろう雑誌の一ページを、草は想像してみる。

想像のエッセイの中では、彼女は紅雲中の制服を着た十四歳。自分で鍵を開け、夕日の差し込む家に帰る。共働きの両親の帰宅は遅く、大学生の兄はめったに帰らないから、一人きりの平穏な時間をたっぷり楽しめる。宿題は後回し。絵を描こうか、お菓子をつまんで本を読もうか。それとも録画しておいた映画を観る？　ただいまを言う相手がいないことも、洗濯物をとり込んだり朝食の器を洗ったりすることも、別に苦ではない。空想の世界は果てしなく広く、人生のモデルは本や映画の中に無数にある。

一人暮らしの始まりのようなものですよ。

そう草に語ったのは、少女の顔をした十和であり、大人の顔をした渡辺聖でもあった。

第四章　コツン、コツン

石垣沿いに落ちている木の実を三つばかり拾う。

帽子付きの、いかにもどんぐりという小楢(こなら)の実だ。

数軒先まで歩き、百々路宅の窓に向かって、草はその実の一つを投げた。窓は、草の背丈より少し高い土塀の向こう。上の方が見えるきりだ。今朝に限っては一度でうまくいき、どんぐりは土塀の上を這う野葡萄の蔓を越え、その向こうの窓ガラスにコツンと当たった。

だるまさんがころんだ、を土塀に向かったまま、小声で十回となえる。

指折り数える手は、大判のショールの中。

十月も下旬となった。今朝は冷え、白い息が鼻先をかすめる。

通りすぎてきた、門扉のない出入口の方へ振り向いてみたが、百々路圭一が出てくる気配はない。草は余ったどんぐりを捨て、今度は指先ほどの石を見つけて土塀の際に並ぶ小石に付け加えてから、河原へ向かって歩きだした。並んだ小石は六個。空振りは六日続いている。空はだいぶ明るいが、まだ日の出前。紅雲町には、猫すら歩いていない。

先週、病院で河端十和に会ったあと、百々路宅へ立ち寄り、朝の日課に誘うと伝えてあった。

その時に、依然放置されていた郵便物を玄関の上がり端まで入れ、奥のドア前にデパートの地元展で買った黒毛和牛の弁当と冷蔵庫に張り付けてあったごみ収集日がわかる印刷物を置き、日課の話もしておいた。だが、一切応答はなく、部屋からは微かにラジオのニュースが聞こえていたのだった。

――あのね、歩いてみて初めて身に沁みたのよ。ああ、歩けなくなってたんだって。

由紀乃の言葉が思い出された。

歩くと自分を知る。草にしても実感があった。特にこうしたほぼ誰にも会わない時間帯は、空や風に誘われて歩を進めるうちに頭が空(から)になり、いつしか身体の声を聞くことになる。ある日はせかせか出る足にあきれ、ある日は重すぎる背中に立ち止まる。忙しさに追われるうちに無駄に気が急いていたり、できもしないのに無理し過ぎて疲れていたり。身体の声が心の声であることもしばしばだ。初めて脳梗塞で倒れたあと歩けなくなったと身体で知った由紀乃は、歩きたい、という心の声を聞いたのかもしれない。

草は蝙蝠傘を突きつき、土手の少々急な小道を上がり始める。上流から吹く乾いた風を胸いっぱい吸い込み、斜面の枯れ草の上に広がる朝焼けを見上げる。百々路圭一に会わずに済んでほっとしている自分も、また本当だった。

「そういえば、圭一さん今朝はどうでした?」

草は首を横に振るだけにとどめ、久実に紅雲町の回覧板を手渡した。

「老朽管の更新工事ですか」

「そう、水道工事で断水だって。来月の話だけど」

「水曜、金曜の午後、飛び飛びで四時間ずつも」

木曜の定休日ならいざ知らず、どちらの日も営業に差し支える。

「まあ、水の汲み置きでなんとかなるでしょ」

開店時間になったが、まだ客は来ない。

自宅と事務所のカレンダーに記入してきた水道工事の予定を、草がカウンター内の置き型カレンダーにも書き込もうとしたところで、店の固定電話が鳴った。

電話の主は中華料理店を営む常連で、お草さんにこんなお願いをしていいものかどうかと前置きした。口ごもるわりには、声が妙に明るい。きれいに禿げ上がった頭をなでまわす、電話口での様子を草は思い浮かべた。

「どんなことでしょ」

「うちの息子が、店出すってんですよ」

「まあ、おめでとうございます」

「どうも祝っていいもんだか、考えが足りないって言ってやったほうがいいもんだか、わかりゃしないんですがね。なんたって、中華店の息子が小料理屋、和食だってんですから」

話の内容に反して、やはりうれしそうだ。

「辛抱して京都で修業したもんで腕はいっぱしなんですが、店の設えや器、その辺のセンスってんですか、親に似てさっぱりで。中華なら器もなんとかなるもんを、考えなしなやつでしてね。そしたら孫が、小蔵屋さんに相談してみちゃどうかって」

「お孫さんが？」

「紅雲中の生徒なんですよ、娘の長女が」

ひと呼吸、話の間が空いた。そういえば、中華料理店の店主はここへ寄っては試飲して、紅雲町内に住む娘のところへコーヒー豆を買ってゆくのだった。もう写真パネルのかかっていない漆喰壁を、草は見回す。あるいは、その孫娘も来店して写真展を観たのかもしれない。

「私でお役に立つかどうか」

出店は紅雲町、器は小蔵屋から購入する、もちろん小蔵屋の宣伝もさせてもらうと先方の押しは強い。

「あら、お店が紅雲町なんですね。街中じゃなくて」

「私もうちの店の近所に出すのかと思ったんですがね、味のわかるお客さんが足元に多いとこがいいなんて、生意気いいまして」

草はとりあえず準備中の店まで足を運んでみると約束して、受話器を置いた。カレンダーを思い浮かべ、頭をめぐらす。あとひと月もすれば、書き入れ時の師走の声を聞くことになる。いい歳をして無理はできない。開店祝いがわりに商売抜きのアドバイスができれば、それでいい。

草から話を聞いた久実は、売り上げになる件と知っていったん目を輝かせたものの、商売にする気がない草に肩を落とした。

「百々路さんとこの鍵も預かっちゃったことだし」

「お草さん、それって……」

本末転倒。終わりまで言わなかったが、久実の顔にそう書いてある。

草も商売人としてそのとおりだと思うが、時間は戻せない。鍵を預かったことやフキダシメモを拾ったことを、今さらなかったことにはできなかった。

「どうしてなんですか」

「え？」

「なんか、どうしてお草さんは関わり続けるのかなあと思って。そりゃあ、入院中の人から鍵を渡されたら断れないのはわかります。でも、たすけて、とメモに書いたのは純子さんであって、圭一さんじゃないわけでしょう」

うーん、と草は小さく唸る。

「その気のない人に手を差し伸べても……朝わざわざ誘ったって六日連続無視。救急車が来た朝でさえ居留守状態。あれから一か月も経つのに顔も見せないなんて、よっぽどで、妹の十和さんだってあきらめているのに」

草はフキダシメモを思い浮かべていた。

そもそもが間違っている。以前からそう気づいていたのだが、誰にも話していなかった。といっても、まだ憶測の域を出ない。メモ用紙を引き寄せ、電話で聞いた小料理屋の出店場所を書きとめる。

　がらがらとガラス戸が開き、どうもー、と見覚えのある主婦二人が入ってきた。草は久実とともに、いらっしゃいませと声を張り、いい時に来てくれたと心の中で感謝する。


　小雨の昼下がり、草は客足が途絶えたところで店を出た。

　店前の道路端に、見覚えのある四駆が駐車枠を無視して停まり、助手席のほうのドアが押し開けられた。奥の運転席から、こんにちは、と一ノ瀬が顔を見せる。

　彼の手には、湯気に当てられたような、少々ふやっとした黄緑色の包み。ふわっと蝙蝠傘の中へ漂ってくる、甘いにおい。郊外にある小さな店の酒饅頭だ。店といっても普通の家と変わらず、商品もこれきり。予約不可、行列は当り前。酒饅頭は他にも数々あるが、これは車を持たない草としてはめったに食べられない。しかも、冷めてかたくなる前に価値がある。草は思わずにっこりした。

「出かけるのを後回しにしたくなっちゃうわ」

「どちらまで?」

「そこの消防署の近くなんだけれど」

　送る間に一つ食べられるから乗るよう促され、草は素直に応じた。まだほんのりあたたかい包みを着物の膝の上で開き、さらに経木を開ける。店先で食べてきたという一ノ瀬の隣で、餡が透けるほど薄皮の小判型饅頭を口に運ぶ。なめらかであっさりした甘さのこしあんと、鼻に抜ける酒の香りがたまらない。ほんのふた口で食べ終えた。

「由紀乃さんにも食べさせたい。いい？」

「もちろんです」

草は由紀乃へ電話をかけ、裂いた経木に酒まんじゅうを二つばかり包んで庭から渡し、すぐに戻った。

「ごちそうさまですって。由紀乃さんも、すっごく喜んでた」

「消防署に用でしたっけ。消防設備の点検報告か何か？」

「そうじゃなくて、これから店を出す小料理屋にちょっとね」

メモを片手に、草は道案内する。

消防署の手前を左に折れてとんかつ屋の角を右にまっすぐ行くと、閑静な住宅街に、塗り壁と白っぽい木製の引戸のそれらしい店舗があった。ペンキ缶を積んだ内装業者らしきバンの後ろに、四駆が停まる。

「なかなかの場所ね」

昔からこの周辺は、敷地の広い裕福な暮らし向きの家が多い。丘陵寄りには、高級車の出入りが目立つマンションも建った。どこでも食べられる財布を持つ高齢者や多忙な夫婦が、ふらっと歩きで来て飲んで帰れる、そんな店には打って付けの立地だ。

「居抜きですか。以前は蕎麦屋だったのかな」

一ノ瀬が見やった戸口脇の壁には、不要になったのだろう、竹ざる付きのせいろが大量に段ボール箱に入っていた。車を降りた一ノ瀬がドアを開けてくれ、草も外へ出た。

「そうだ、うっかりしてた。先週、山の関係の人が来たわ。林さんて人。一度会って話したいって」

「林さん？」

一ノ瀬が首をひねる。

「ほら、開店前に釘穴を補修してもらったでしょ、あのすぐあと。小蔵屋や近所にシルバーのバンで何回か来てたのよ。シャイン……なんとかっていう、建材関係の外回りみたい。有名なあのシャイン化学とは違う会社の」

「ヨシザワさんの仲間かなあ……」

「林さんのバンに気づいたのが久実ちゃんだったの。ひやひやしたわ」

目を丸くした彼に、あれーっ一ノ瀬さんでしょ、と店舗内から出てきた作業着の男が声をかけてきた。腰に工具の入った袋を巻いている。スーツだと見違えちゃうなあ、もう内装のバイトしないの、仕事あるよ、と饒舌（じょうぜつ）な内装業者に、久し振り、と一ノ瀬が笑顔を見せる。

草は一ノ瀬に目礼してから、店舗内へ入った。

奥の厨房から男たちの話し声がし、電動のこぎりや金槌の音が響いていた。それでも砂色の塗り壁に幾分音が吸い込まれるのか、店には落ち着いた雰囲気がある。カウンターに椅子が八脚、テーブルは四人用が二つ、二人用が一つ。いずれも出入口の引戸同様、白っぽい木で明るい印象だ。

ごめんください、小蔵屋です、の声にすぐさま奥から出てきた店主も、店の佇(たたず)まい同様、静かな男だった。父親の無理な頼みを詫び、しかし、できたらよろしくお願いしたいと頭を下げる。頑固そうな四角張った顔に似合わない、かわいい恐竜が大きくプリントされたトレーナーを着ていたが、板前の白い割烹着姿が容易に想像できる、きちんと整えられた髪とよい姿勢をしていた。

「品書きは毎日変わります。その時々、手に入ったよい食材をおいしく召し上がっていただきたい。それだけの店です」

それだけ、がどれほど難しいことか、身に沁みている顔つきだ。

こうした店では何が大事かと問われた草は、掃除、余計な張り紙をしない、適度な距離のサービスの三つをあげた。もっと聞く価値のある言葉を期待したらしかった店主に、当り前のことかもしれないけれど、と言い添える。

「でも、当り前のことを続けるのが一番難しいでしょう」

草のその言葉には、店主も深くうなずいた。

それから、入り口近くの飾り棚とカウンターの壁際に小さな花を飾ること、料理を引き立てる自然な色合いの器——雪や波打ち際を思わせる粉引の白、土そのものといった色合いの自然釉の焼締(やきしめ)、苔や川の淵を連想させる織部(おりべ)の緑——を勧める。器は多少今ふうの軽さがあってもいいのではないか、そのほうが親しみを感じられ、安く手に入ると付け加えた。

何回かうなずいた店主は、草から譲られた薄い二冊の本を、さっそく開いてしげしげと眺める。

伝統を踏まえつつ今ふうな和食器、それから、二、三本の花材で真似さえすればそれらしくなる実用的な活け花を紹介した書籍だ。どちらも写真が美しい。だが、ページをめくる店主は眉間に皺を寄せていた。草にとって見飽きない本は、彼にとっては苦手分野の教本なのかもしれない。

少し前から内装工事の騒音が止まり、奥の厨房から、シャイン化学、という言葉が再三聞こえていた。草は百々路圭一を思った。圭一はかつてシャイン化学に勤めていたのだった。おそらく、この店主と同年代。何事もなければ、働き盛りのはずだ。

「内装工事、だいぶかかります？」

器の本からふと目を上げた店主が、

「追加が。厨房にこんな板壁がありまして」

と、白っぽい木製のカウンターをなでながら渋い顔をする。

「シャイン化学の防火塗料仕上げだから燃えないと聞いて、借りた時は安心していたのですが。何年も経って塗り替え時期が来ていた上に、シャイン化学の防火塗料自体に問題があるそうで。その道のプロに訊かないとわからないものですね」

契約書に基づいて借り手側の負担となり、予定外の出費だと言う。

店を始める時は、何かと費用がかさむ。草も小蔵屋を雑貨屋から今の店にした時に、いろいろと頭を悩ませたものだった。

「器は他で安く手に入るなら、別に小蔵屋でなくても」

「いえ、そんなわけには。器は大切ですし」

「大切だからですよ。うちで当たりをつけて、いいものを安く買ったほうがいい。義理立てする必要はありません」

草は心からそう言い、コーヒーを試飲がてら器の下見に来るよう言い添えて、三十分ほどで店を出た。

曇天だが、雨は上がっていた。

蝙蝠傘を広げる必要もなく、歩く速度に合わせてコツ、コツとのんびり突く。竹垣の向こうの紅葉に、雨の滴が光る。

コツンと窓ガラスに当たっては落ちるどんぐりが思い出された。

あの音を、百々路圭一はどんな思いで聞くのだろう。煩わしくて布団をかぶる。何だろうと思うだけで約束自体を失念している。あるいは、眠っていて気づかない。どれもありそうだが、しっくりしなかった。動かさなければ、身体は鈍る。心も同じだ。カーテンの引かれた部屋で白々と夜が明けてゆくのを感じながら、コツンという音を聞き、しかし、虚空を見つめて微動だにしない。心が揺れもしない。そんなところが妥当なのかもしれない。

こんにちは、これからですか、と声をかけられ、草は我に返った。大きな白い薬袋を持った同年配の女性に挨拶してすれ違う。かかりつけ医の病院の前まで来ていた。さっきの人とは、血圧が心配で診てもらう折などに待合室で顔見知りになったのだった。

——その道のプロに訊かないとわからないものですね。

病院の看板には、心療内科とも書かれている。

小料理屋の店主の言葉が、草の背中を押した。

果たして、奥の部屋のドアは開いた。

草のかかりつけ医が、百々路圭一の部屋へ入ってゆく。スーツにニットのベストを合わせた普段着の医師が再び閉まるドアに隠れてしまうまでの何秒かの間に、草は中肉中背でぼさぼさ頭の男を見た。初めて見る、圭一の姿だった。グレーのスウェットの上下を着ていた。ずいぶん膝の出た、くたびれたスウェットだった。厚いカーテンは開けてあって廊下のほうが暗く、逆光のために顔はよく見えなかった。

昨日医師は、草の相談を静かに聞いたあと、ただこう言ったのだった。

——それなら往診してみましょう。

居間に戻った草は、渡辺聖に向かってうなずいた。黒縁の伊達眼鏡が目をみはる。

「じゃ、お草さん、いい?」

「ええ。お願い」

聖がよーいどんの合図でも聞いたかのように駆け出し、窓という窓を開け始めた。リビングダイニングの掃き出し窓から気持ちのいい風が入り、浴室の方へと抜けてゆく。聖は家の中をぐるりと回って、流しの壁と隣り合わせの部屋の方から戻り、

「おばさんの寝室にあった」

と、すかさず掃除機をかけ始める。もうモスグリーンの野球帽や黒縁の伊達眼鏡は外し、フリ

ースのトレーナーは脱いで腰に巻いてあった。長袖の赤いTシャツ、穴開きのジーンズ姿になり掃除する気満々だ。昨日草が帰ると、すいていた小蔵屋に聖がおり、明日往診ついでに掃除でもしようと思うと話すと、暇だから手伝うと申し出たのだった。

草はキッチンの換気扇をつけ、聖の腰に巻いたトレーナーからハンディタイプのモップを抜き取り、テーブルや椅子などにかけて回る。ほんの少し使っただけで、紙製のふわふわした使い捨て部分が黒くなる。テーブル脇には、大きなごみ袋が四つ。一つは口が大きく開いている。におう。ペットボトルからレトルト食品の紙箱から一緒くたで、ざっと分別し直す。どうも、一度もごみ収集に出した様子はない。今日もインターホンやノックに反応はなく、郵便受けはあふれており、玄関の上がり端の郵便物もそのままだった。たぶん玄関の方まで出てみもしないのだろう。それでもテーブルに食べ散らかしたごみが放置されていた状態より、ましに見える。埃が掃除機の排気にのって舞い、午後の日射しにきらきらと光る。草は懐から手拭いを出し、鼻から下を覆って頭の後ろで縛った。

「掃除機とモップがけが一遍だけど、まあいいわ」

手拭い越しの年寄りの声など、掃除機の唸りに負けて誰にも届きはしない。

「なんだ、これ。ろくに吸わない」

電源を切って掃除機の蓋を開けた聖が、中の紙パックを見て、いっぱいだ、とあきれ、今度は掃き出し窓の向こう沿いに伸びる南面の廊下から隣室へ走った。それも純子の寝室にあったのか、替えの紙パックとモップのふわふわした部分をつかんでくる。

「どうしちゃったんですかね。掃除までいいなんて」

診てもらっている間に風を通すと言ったら返答がなかっただけのことだが、草は微笑み、詳細は省いて掃除に戻る。

「ざっとでいいから」

「片づいてると掃除らくー。ものだらけで狭いうちとは大違い」

紙パックは手際よく新品に交換され、満杯の古いほうはごみ袋行きとなり、また掃除機がけが始まった。

草はモップを手に、リビングダイニングと玄関の仕切りにもなっている素通しの格子棚、それから一人掛けのシンプルでゆったりとした椅子へと回る。黒革の背もたれや座面の埃をとるうち、脇にあった籐籠（とうかご）を倒してしまった。ロッキングチェアとは知らずに、木製の肘掛けに手を突いてよろけたのだ。籐籠はサイドテーブルがわりになるのだろう、しっかりと繊細に編まれたものだった。円形の蓋がころんと外れ、バケツ型の本体から白い紙がなだれ出た。おびただしい枚数のフキダシメモだった。《渡してある　探して》《頭痛薬　水》《うるさい　音を下げてくれ》ビールやスナック菓子などの商品名が列挙されているものも少なくない。《勝手に入るな》というメモは、まるで中高生のようだ。母親と息子の間でも、ほとんど会話がなかったことが窺い知れる。ある日の母は、籐籠に用済みのフキダシメモを投げ込み、飲みかけのコーヒーの入ったマグカップを置いてロッキングチェアに座る。そうして、音を消したテレビを、一人漫然と眺めたのかもしれなかった。

床は掃除機をかけた箇所が光っていた。汚れた窓ガラスを拭くみたいに、聖がその輝きを広げてゆく。秋風と日向のにおい。草はフキダシメモを籐籠にかき集めて蓋をする。
椅子の近くのドアを開けると、雑多な荷物が手前まで迫っていた。段ボール箱の山。ビニールカバーに入った背広の多いハンガーラック。布で覆われたベッドの上には、ロートレックのポスターの貼られた壁に立てかけて、カンバスのままの油絵が何枚も置いてある。足の踏み場もない。かつての十和の部屋に、圭一の東京暮らしの荷物を押し込めてそのままらしい。

ドアを閉めた草はすぐ後ろまで来ていた聖に、この部屋はいいわ、と声をかけ、ごみ袋を玄関の外へ運んだ。鼻から下を覆っていた手拭いを外して深呼吸する。試しにインターホンを何回か押してみたが、屋内では何の音もしなかった。固定電話同様、切ってあるのだろう。

ついでに、もう一つ見ておきたい場所があった。土塀の内側に沿って歩き、圭一の部屋の前に立つ。二歩分ほどの幅の土に、どんぐりが幾つも落ちていた。それと、地面にへばりつくようにしてフキダシメモが一枚。草は指先を土で汚してメモを拾いあげた。

「やっぱり」

フキダシメモを握り、その手で腰高窓を軽くノックする。

期待しなかったが、レースカーテン、続いて窓が開き、ぼさぼさの髪を載せた白い顔が現れた。隈（くま）の濃い、二重のけっこう大きな目が草の視線をとらえている。四十代半ばなのに皺らしい皺がないのは、無表情に暮らしてきたからだろうか。水ぶくれしたような顔や体つき。サッシの茶色い枠を押さえる、かさついた手。のびきったようなスウェット、ボロボロの袖口。それでも初めて向かいあう百々路圭一は、草が覚悟していた意志疎通が困難といった状態からすれば、遥かにましだった。

「窓はこのままにして、テーブルの部屋の方へ移れます？　掃除機をかけてもらうから」

無表情な白い顔が背後を振り返る。医師が机の椅子から立ち上がり、そうしよう、睡眠には環境も大切ですよ、と先に部屋を出た。圭一も医師に続く。すかさず、聖が掃除機を持って入ってきた。あ、ん、が、い、ふ、つ、う。声を出さず、口のみ大きく動かして言う。へ、や、も。確かに、埃が積もっているだけで異様さはない。隣室寄りの壁に机と本棚、反対の壁にベッド。ヘッドレストの収納部分に小型ラジオ、野菜ジュースのつぶれたパックと栄養補給食品の黄色い箱が放ってあるくらいで、むしろ片づいているといってもいいくらいだった。掃除機をコンセントにつないだ聖が、床に亀虫の死骸を目ざとく見つけ、机の上のメモ用紙を使って窓から捨てた。メモ用紙は例のフキダシ形で、未使用の分厚い束が机の隅に置いてある。

「浦島太郎じゃないんですね」

聖が指差したベッドの掛け布団の上には、古そうなノートパソコンが放置してあった。

「なーんか、私、この部屋じゃ無理」

「え？」

「何が楽しいの？　お仕置き部屋みたい」

本棚や机には難しそうな専門書などが並び、漫画や小説、ゲーム機、テレビといった娯楽の類は皆無。壁もがらんと空いている。昔アイドルのポスターを貼ったのではないかと想像させる画鋲や日焼けの跡が、むしろ救いですらあった。

草は率直な聖に微笑み、窓から離れた。

窓のない玄関にも、アームロックを使ってドアを細く開け、風を呼び込む。

テーブルでは、医師が注射器で圭一の腕から血液を採取していた。

「検査結果を聞きに来れますか」

はい、と圭一がうなずく。ややかすれ気味の、低めの声だった。

彼の声を初めて耳にした草は一つ息をつき、再びハンディタイプのモップを持って、残りの部屋を拭いてまわる。黴の目立つ浴室には男物の衣類が干してあり、ほのあたたかいドラム式洗濯乾燥機にはタオルが乾いていた。聖がどこからか見つけてきた寝具カバーを使って圭一のベッドまで整えたものの、掃除は三十分程度で、四時にもならずに終わった。

それじゃまた、と家を出る三人を、圭一が見送る。

彼が玄関まで出てきて会釈したことに、草は不思議な感慨を覚えた。顔が見られましたね、と医師が先に立って小声で言い、ええ見られました、見れた、と草と聖があとに続いた。路上駐車してあった医師の白いセダンを囲む。

「先生、ありがとうございました。やっぱり、ご相談してよかった」

「あまり眠れないというので、睡眠導入剤を三日分出しておきました。念のため血液検査をしますが、体のほうは心配ないでしょう。睡眠には毎日日光を浴びて体を動かし、規則正しい生活をするのが一番です。彼にも伝えました」

「思ったより、しっかりしていましたね」

医師も不思議に思うのか、小首を傾げる。杉浦さんの働きかけがあったからでしょう、と最後に言い、車で去っていった。ほんとそう思う、と聖。もう黒縁の伊達眼鏡とフリースのトレーナー姿に戻っている。

「二人だったから短時間で済んだわ。ありがとう」

にっこりした聖が、ちょうだいとでもいうように右手を差し出す。バイト料がほしいと顔に書いてある。だが、草は笑って聖の手のひらをパチンと叩いた。

「暇だから手伝うってわけだったでしょ」

「えーっ、あんなにがんばったのに？」

「約束は約束。たいへん感謝しております」

草が玄関先へ戻ってごみ袋に手をかけると、聖がぶつぶつ言いつつ半分の二袋を持った。次々窓を閉める音がしている。外の世界を拒絶するような勢いではないことに、草は幾分安堵する。見れば、聖も音のする方へ目を向けていた。

「小蔵屋まで運んでもらえる？　次のごみ収集に出すから」

「うちのアパートで平気ですよ。収集は明日の朝だし、物置みたいなごみ置き場だし」

「夜ならまだしも」

「てきとうで平気」

昼日中にごみ袋を持って歩くというのは、なかなか目立つ。すれ違った自転車の主婦から何だろうという目つきで見られ、草は聖に目配せし、土手際の静かな道を選んだ。路肩に積もった赤い葉を、聖が黒いスニーカーで軽く蹴散らす。

「本人は出てきたけど、出ませんでしたね」

「何が?」

「ありがとうございました、が。言うでしょ、普通」

「ありがたくもないからでしょ」

「はあ?」

聖が、何言ってるの、という表情で、草の顔を横から覗き込んでくる。

「逆の立場で考えてごらんなさいな。こういうことは大抵、する側の満足なのよ」

何それ、と聖がむっとする。それから、今度は空を仰いだ。丘陵の方に雲は多いが、真上は青空だ。

「じゃあ、お草さんは、自分が満足したくてあの家に行ってるわけ?」

「どうだかね」

履かなかった黒い革靴を、草は思っていた。あの革靴が今、自分を歩かせている。おかしな話だが、こんな時はなぜかそう感じる。

「なーんか、変」

また聖が路肩の赤い落ち葉を蹴散らす。天然パーマのベリーショートを載せた額の輝き、蹴り上げた穴開きジーンズのすらりとした脚に、束の間、草は見とれた。

「複雑なのよ。あー、肩がしびれてきた……」

草が土手際にごみ袋を置いて一息つくと、聖のほうはごみ袋を持ったまま駆け出した。

「先に行って、自転車で戻ってくるー」

今日は母がいるから自転車があるとかなんとか言っているようだったが、聖の姿はみるみる小さくなってゆく。

葉をほとんど落とした桜並木と土手の間の道に、他には誰もいない。

そんなに急がなくても、などと言ってはみたものの、少女に聞こえるはずもなかった。

石垣沿いに落ちている小楢の実を三つ拾い、百々路宅まで歩いて圭一の部屋の方へ投げる。土塀の上に少しだけ見える窓に向かって。一つ目は土塀の上に這う野葡萄の蔓に引っかかって届かず、二つ目は力みすぎて窓上の外壁に当たって落下。

「難しいわねえ」

草は蝙蝠傘を土塀に立てかけ、痛む右肩を大判のショールの上からさする。敷地内に入って腰高窓を直にノックする手もあるのだが、土塀上に覗く窓ガラスに気持ちを集中させる。当たるも八卦(はっけ)、当たらぬも八卦。なんだか今後を占う気分だ。投げた三つ目のどんぐりはやわらかな放物線を描き、どうにか窓ガラスに当たったらしく、コツンという例の音を立てた。

だるまさんがころんだ、を指折り数えて十回。

今朝は息が白くならない。

門扉のない出入口の方を見てみたが、彼は現れなかった。

アスファルト上になんとか指先ほどの石を見つけ、土塀の際に並ぶ小石に付け加えてから、河原へ向かって歩きだした。並んだ小石は八個。昨日の午後は会えたから、左から七つ目の石は少し手前にずらして置いた。

「まあ、これで私があの世に行っても、先生がいるし」

肩の荷が少し軽くなった思いで、紅雲町の早朝を歩く。

昨夜は少々降ったらしく、道路の大半は濡れている。吸う息にも湿り気があり、いつもの喉に刺さるような乾燥した冷たさはなかった。風もなく、土手の枯れ草はまだ眠っているかのようだ。

草は土手を上がりきったところで、立ち止まった。

河原の、草地のずっと向こう、川辺の方に人影があった。男の後ろ姿だ。帽子を被り、足を広げて大きな石に腰かけている。近づいて川音の中へ入ってゆくと、昨日聖が被っていたものらしいモスグリーンの野球帽、ウールだろう黒いコート、グレーの徳利セーター、ベージュ色のパンツ、黒っぽい靴下、焦げ茶色のスニーカーが見てとれた。スニーカーは傷みがひどく、革らしき表面がひび割れている。

草履の足音に首を回して振り向いたのは、あの白い顔だった。

「圭一さん？」

返事はない。草は少し離れた左側に立った。

おはようございます、と言ったのも草のみ。圭一はモスグリーンの野球帽を頭から外し、二重の大きめの目を向けてきただけだ。言いたいことはあるが、九年の歳月が口を重くする。そんな顔から、草は対岸の国道へ視線を上げた。護岸工事を施した斜面の上の国道はまだすいており、大型トラックの青いのや銀色のが左の長野方面へ走り抜けていくところだった。トラックを目で追い、そのまま上流の方へ視線を移すと、浅瀬に白鷺が一羽舞い降りてきた。

「昨夜は眠れました？」

「鍵を返してください」

昨日聞いたのと同じ、かすれ気味の、やっと出たような声だった。

もっともな要求だったが、草は圭一を見ただけで応じなかった。鍵は彼の母純子から預かった。返すのなら、彼女に返すのが筋だ。

「この年寄りを追い払うのは簡単。電話とインターホンを鳴るようにして、郵便物の管理とごみ出しをする。あと、たまには顔を見せる。それだけ。昨日の先生のところでもいい。小蔵屋なら、コーヒーの試飲付き」

話にならないとでもいうかのように、白い顔は川の方へ向けられた。

無表情というより、こめかみの辺りが堪（こら）えているように見える。彼の瞳に「今」は映っているのか、草は不安になった。

九年。生まれた子が九つになり、中学生が社会人となる歳月。その間、彼は人を避け続けてきた。シャイン化学を引責辞職したと妹の河端十和から聞いたが、今もそのことを引きずっているのだろうか。草は繰り返し考えてきたことを、また思う。

「たすけて、のあのメモを、私は二枚拾ったわ」

白い顔が、またこちらに向いた。

「一枚は路上で。もう一枚は昨日、圭一さんの部屋と塀の間で」

白い顔は瞬きもしない。

「たすけてと書いたのは、あなただったのね。純子さんじゃない」

無言によって肯定された。草は彼の表情を読み取ろうとした。が、白い顔にこれといった変化はない。あのメモ用紙に、たすけて、と書いて部屋の窓から投げる。その時のことを、これまで何度となく草は想像してみた。どんな気持ちだったのか、と。

白鷺は細い足で流れの中に立ち、冷たそうな水の中を嘴(くちばし)で探っている。

「あなたは純子さんが倒れていたことを知っていた。なのに、電話の線をつながず、隣の家に走りもしなかった。ただ何枚か、たすけて、と書いた。そうして、そのメモを窓から外へ投げた。誰も気づかないかもしれない、と思いながら。ひょっとしたら、気づかなくてもいい、と思ったのかも」

占いに近いわね、と草は言い、圭一に視線を戻す。白い顔は目を合わせるのを拒むかのように、川面を見やった。

「生きられるものなら、生きたかった。違う?」

逆を言えば、母親と死ぬ気でもいた。

表裏一体の思いは、木の葉のように舞い、散っていったのだ。

草はあちこち軋む体をかがませて小石を拾い、早瀬をねらって投げた。だが、小石はずいぶん手前に落下し、水辺に引っかかっていた鹿の角のような流木に当たって、間の抜けた音を立てた。

「現実って面白いわね。今じゃ、うちの従業員の久実ちゃんまで、時々あなたのことを口にする。仕事の合間なんかに、ふと考えるんでしょ。会ったこともないのに」

メモのことをみんなが知っているんですか、とかすれ声がした。

「さあ、どうかしら。他にもメモを拾った人がいるそうだし……メモの存在を知ってる人、もう忘れている人、純子さんが書いたと思っている人、いろいろよ。不思議ね。起こった事は一つなのに、受け取り方は人それぞれ」

草は静かに深呼吸する。

会話らしい会話が初めて成り立ったことに、幾分ほっとしていた。

「一人もいいけど、人がいると風が通るってこともある――」

おはようございまーす、と遠くから元気な声がした。

斜め後ろ、土手の方から人が来る。風船のようにふくらんだベージュ色の帽子、すらっとした脚。渡辺聖だ。今朝は、派手な緑色のおかっぱ頭。他はだぼっとしたコート、細身のパンツ、シヨートブーツに至るまで黒ずくめ。そのため、ビニール紐のようなカツラの、鮮やかな緑色ばかりが目に飛び込んでくる。右手にはかじりかけのメロンパン、左手にはストローを差した紙パックの牛乳。この格好で歩きつつ朝食という少女に、草は半ばあきれ、半ば感心した。

聖は近づいてきたが、少し前から首を回して土手の方ばかり見ていた。

「なんで行っちゃうかなあ。帽子、返してほしかったのにー」

草は体ごと後ろへ向いた。もう百々路圭一は土手の方へ歩き去っており、そこにいるはずの石には誰も座っていなかった。

「早起きね」

「あー、学校で寝るの。昨夜、忙しかったから」

聖は話している間に、草が身に着けている腰籠に気づき、入れていいかと断ってから、メロンパンの袋と牛乳の紙パックを放り込んだ。腰籠にかけられたビニール袋、その中のごみ——拾った空き缶や菓子の袋など——を見てとり、牛乳したたらないよね、と草の着物の心配までしたのに、その間わずか数秒。こんなにすばしこく生きながら、子供時代はなぜ一日が長いのかと、草はあらためて不思議に思う。その間にも、聖はだぼっとしたコートを叩いてパンくずを払い、もう踵を返して帰ってゆく。

「昨日は、ごめんなさいでした。でも、よかった、歩けてて」

言うだけ言って、それきり振り向きもしない。

昨日、聖は自転車で戻らず、結局、草は橋近くのアパートまでごみ袋を運んだのだった。敷地の隅にスチール製物置のごみ置き場を備えた二階建て全十戸のアパートは簡単にわかり、外階段下の集合ポストの「２０１」に渡辺の姓があった。頭上で建物側面の出窓が開き、二階のその角部屋から男女の会話が聞こえた。あの子は帰ってはないみたいだの、じゃあ勘違いかだのと声がして、草はそちらを見上げたのだった。肝心の聖は、玄関ドアのみが並ぶ側にある駐車場の、二

○一の駐車枠の前でカメラを構えていた。その枠にはチャイルドシートを載せた、黒っぽいステーションワゴンが停まっていた。

――勝手に停める人がいるの。うちは車なくて空いてるから。

聖は後ろに立った草に、そう言った。他の部屋のお客さんがちょっと停めたんでしょ、と訊くと、自信たっぷりに首を横に振る。別に誰が停めても賃借人には関係ない話だし、少女自身が細かいことは気にしないタイプなのにと思いつつ、草は言葉を呑み込んだ。二階角の、もしかすると二〇一号室かもしれない部屋から男の声がしたことも気にはなったが、黙っていた。横の駐輪場には、ステーションワゴンに隣りあって、赤い自転車が置いてあった。

「まったく、忙しい子ね」

草は聖の後ろ姿に手を振り、うっかり土手に向かって歩きだしてから、あわてて丘陵の上の観音像や河原の小さな祠に手を合わせた。

目を開けると、圭一がよろけつつ土手を越えてゆくところだった。

久実が保留にした電話を、草はカウンター客に試飲のコーヒーを出してからとった。

「もしもし、お待たせいたしました」

「お忙しいところ申し訳ありませんですね。えええーと、前もってお訊きしておいたほうがよいと思いまして、お電話を」

電話の主は草と同年代らしく、ずいぶん話し方がゆっくりしている。今日は開店早々客が多く、試飲の席は半分ほど埋まり、また豆を挽く音が響きわたる。草は自分の声が相手によく届くよう、口元辺りを手で覆った。

「ありがとうございます。贈答品だそうですね」

「はい。お熨斗やなんかはいらないんです。友人の気軽な集まりのおみやげというか、プレゼントというか。ドコマデカイというんですけどね」

ドコマデカイは、「どこまで会」だった。数年に一度、気の置けない仲間が集まり旅行に出かける。毎度「今年はどこまで行ける？」で始まるから、この会の名がついたそうだ。以前はハワイや沖縄などへ遠出したが、この頃は足腰が弱って近場となり、とうとう今回は丘陵にある温泉となった。一人二人と逝って、もう四人きり。持っていくのもなんだから、帰りにタクシーで小蔵屋にさっと立ち寄り、コーヒー好きのみんなに豆の詰め合わせを持たせたい。ついては、あらかじめ包装しておいてもらって当日払いでよいか、体調が芳しくない友人のために日延べする場合もあるが、という問い合わせだった。

予算を聞いて商品を決め、定休日の木曜以外ならいつでもかまわない、来店直前に電話をもらってから用意したいと請け負うまでに二十分以上かかり、草は電話をしつつ何人か客を見送り、例の小料理屋の店主をカウンター席に迎えることになった。

「すみませんでした。お待たせして」

「こちらこそ、お忙しいところに押しかけまして」

小料理屋の店主がカウンター越しに草を見て、にこにこしている。それで草は自分がにこにこしていることに気づいた。どんな人たちか会ってみたい——長電話になったが、どこまで会の話は面白く、また身につまされる面もあり、草自身の旧友たちを思い起こさせたのだった。

少々お時間よろしいでしょうか、という小料理屋の店主を事務所へ通し、打ち合わせ後、展示中の商品と在庫を一緒に見てまわった。

彼は必要な器のリスト、それから自身の料理のノートと写真を持参しており、後者は腹が鳴るほど草を引きつけた。ぐじと呼ばれる甘鯛を、すりおろした聖護院かぶらで包んで蒸し、とろりと光る銀餡をかけて仕上げた、京都の冬といえばこれというかぶら蒸し。卓上七輪に載った蟹の甲羅が器、生姜汁と酢が隠し味のずわい蟹の甲羅飯。小芋の田楽、琵琶湖特産の小魚本諸子の唐揚げなどを盛りつけた八寸。味勝負のなせる技か、どれも余分なものを削ぎ落とした正統派、素朴ともとれる盛り付けだ。器も黒釉の皿、蛸唐草文様の染付、鉄絵の蓋物など、実に渋い。

「母が、寂しいと」

ぽつりと小料理屋の店主が言った。

草は反射的に百々路純子を連想し、あわてて打ち消す。

見れば、彼の手には色絵の蓋付碗。

京の華やぎを期待する目には、彼の好みは少々寂しく映るのかもしれなかった。先日草が勧めた器——雪や波打ち際を思わせる粉引の白、土そのものといった色合いの自然釉の焼締、苔や川の淵を連想させる織部の緑——であっても同様に違いない。

「たとえば八寸なら、粉引の皿に薄紫色の食用菊をぱらぱらと散らすとか」

草は、花びらを皿に散らす真似をした。頑固そうな四角張った顔が眉根を寄せる。料理についてはこちらが素人。だが、草は承知で続けた。

「焼締の皿にもみじを敷きつめる。織部に盛った水菓子に、ゆるいゼリーを流し入れ、ミントの葉を添えて涼しさを演出する。自然を切り取ったような簡素な器は、広がりを持たせられると思いますよ」

ミントの葉、と小料理屋の店主があきれたように繰り返す。洋菓子店じゃあるまいし、と顔に書いてある。それから倉庫の開いている戸口の方へ目をやり、難しい顔をした。

「おまえさんには遊びが足りない。以前、ある方から言われました。ですが、その方のように食べ歩いて研究するような余裕はとても……」

草は彼を倉庫に残し、自宅を往復して重い雑誌を何冊か持ってきた。ぶらっと書店に行っては購入する、写真ページが魅力の生活スタイル誌だ。料理や旅行の案内が多い。ブランド物に身を包んだ女優の表紙と皺だらけの老婆へ、料理人の眼が交互に注がれる。

「女性の雑誌……」

「これなら、いつでも参考にできるでしょ？　こういうのを眺める人がお客さんでもあるわけだし。私にも、いい刺激で」

はあ、と曖昧な返事をした彼だったが、やがてページをめくる手が止まらなくなった。

「むやみに流行を追いかけるより、自国や他国の歴史文化を大きな目で見直す。本当の豊かさとは何なのかと問いかける。時代のそんな変化を知るにも役立って」

いい時代になったな——草はあらためて思う。考え、望み、行動すれば身の回りを変えられる。今は爆撃に怯える戦中でも、限られた情報に踊らされる時世でもない。

千本格子の開く音がして、久実の呼ぶ声が響いた。

夢中で雑誌に見入る彼をそのままにして、草はそっと売り場へ戻った。

カウンターに置かれた茶碗蒸し、鰊(にしん)と茄子の煮物を前に、その香りを久実が思い切り吸い込む。閉店後に、小料理屋の店主が届けてくれたのだった。

「素敵なお礼ですね。確かに、器が寂しい。電子レンジ可の器を選んだとしても」

久実は料理にうっとりしつつも手厳しい。白地に青い独楽(こま)筋(すじ)の蒸し碗。花の形を模した、薄手の輪花(りんか)浅鉢。どちらも、いかにも業務用でそっけない。

「小料理屋さん、いつからですか」

「予定では十二月の上旬からみたい」

小料理屋の店主は決断が早く、購入する器を決め、小蔵屋に発注していった。

「ちょいと予算オーバーらしいけど」

センスよくて安いと思いますけどね、と注文伝票を見て首を傾げる久実に、シャイン化学の防火塗料を塗った壁がだめで予定外の出費が発生した件を草は話した。

「お店を始めるって大変なんですね。糸屋のロールケーキ屋さんも、銀行の融資がだめで止まっちゃったそうだし。あっ、前のお蕎麦屋さんの器で使えるのないのかな」

あれほど小料理屋の器を商売にしたがった久実が、たちまち安くあげる算段をし始める。久実のこういうところを、草は信頼していた。

「使えなかないけど、あの辺の同じお客さんがたくさん来るから」

「あー、そっか。そうですよね」

草はカウンター内で自分の食べる分をさっと取り分け、残りを使い込まれた木製の岡持ごと久実に渡した。

「あとは、おみやげ。公介さんとどうぞ」

うれしそうに礼を言った久実が、ふいに浮かかない顔になり、立ったままカウンターに頬杖をついた。

「隠れて電話してるんですよね、この頃」

えっ、とは言ったものの、草は山への誘いだろうとすぐさま思った。彼は例の林という人につながる誰か、あるいは林本人と連絡を繰り返しているのに違いない。

「他にもいるんでしょうか、誰か」

誰かって、とつい草は笑ってしまった。

久実も口角を引き上げる。だが、目が笑っていない。黒いセーターの深い襟元から垂れた銀色のネックレス、その二つの輪を組ませた飾りに指先で触れる。彼と揃いで身につけているものだ。

「さあさ、つまらないことはさておき、早く持って帰って食べなさいな」

「つまらないことって……」

久実が少々むっとする。草は、しれっと続けた。

「そうよ。いくら仲よくたって、あちらはあちら、こっちはこっち」

知らんぷりも愛情のうち、と草は久実をせき立てた。

久実のパジェロを戸口で見送りながら、よく言うわ、と自分にあきれる。

かつて短い結婚生活をともにした男は、芸術にすべてを捧げ、挫折し、酒と女に溺れた。苦楽の波をともに渡り、それが苦ばかりになると互いを避けるようになった。疲弊しきった相手に自分自身を見た。広かったはずの世界は小さく縮み、窒息しそうだった。つまらないことと割り切ることも、知らんぷりもできるわけがない。縮んだ世界が、顔すら合わせなくなった二人を縛り上げていたのだから。

鈴を鳴らし、仏壇に手を合わせる。

「ごめんね。良一」

水の事故で逝った幼い良一は、夫婦間の深い溝に落ちて犠牲になったともいえる。

「お母さんができることは、ほんとに少ない」

遺影の小さな良一が、黒々とした瞳を向けてくる。

しょうがないよ。

聞こえる声は子供のようでも、大人のようでもあった。

「しょうがないか……」

束の間供えた茶碗蒸しを炬燵へ置き、夕食を始める。

蒸し碗の蓋をとり、軽くあたためた茶碗蒸しの香りを嗅いだ途端、ぐうっと腹が鳴った。漆塗りの匙で、まずは一口。茶碗蒸しは、おいそれと真似のできないなめらかさ。鰊と茄子の煮物は旨味が濃くて甘辛く、白いご飯が進む。おいしさの源は、なんといっても出汁だった。深く、それでいてさっぱりとした味わい。

おいしいよ。

草は、また良一の声を聞く。

「ああ、おいしいね」

遠くなって、そばにいる。確かにいる。このことを、あの子を亡くしたばかりの自分に言ったとしたら、あなたなんかに何がわかる、ときっと罵られることだろう。

店を開けていても、どうかすると、時が止まったように静かになることがある。

晴天の昼下がり、行楽日和。気温の変動が大きいため、紅葉は例年並みの美しさとまではいかないようだが、人々は野山へ出かけたらしい。

客は、百々路圭一のみ。渡辺聖の野球帽を目深に被ったまま、カウンターの壁際の席で小蔵屋オリジナルブレンドを啜っている。

彼の注文した豆、モカを挽いた久実が会計カウンターから出てきた。若干腰を落とし、足音を忍ばせて、カウンターの方へ恐る恐る近づく。まん丸く開いた目でカウンター内の草を見、壁際の彼を見る。そうして、彼の肘に近い場所へそうっと手を伸ばして豆の入った紙袋を置き、逃げるように会計カウンターへ戻った。

「お待たせしました」

言ったのは、愛用の木の椅子に座る草のほう。モスグリーンの野球帽のつば先が若干上下したようにも見えたが、実際のところはわからない。

彼の来店時にも他に客はおらず、あら圭一さん、と草は声をかけ、ひょっとして病院の帰りですか、どうぞカウンターで試飲していって、と話しかけたが、圭一はただ久実に豆を注文し支払ってカウンターに座っただけ。視線を合わせないものだから、これが噂のあの人か、と目を丸くしていた久実の表情にも気づかない様子だった。

初めて河原で会ってから、草はどんぐりを窓に投げるのをやめて以前のようにいろいろな道を選ぶようになり、彼のほうは二度川辺にいて言葉を交わすまでもなく立ち去ったのだった。家の鍵を返さない小蔵屋の老店主がよほど迷惑らしく、遠ざけたい一心で努力していると見える。

久実がだいぶ気づまりらしく、草に向かって変な顔をして肩をすくめた。

草は彼の部屋からラジオが聞こえていたのを思い出し、立ち上がってラジオをつけた。地元のFM局は、山間地へ通じる道路の渋滞をニュースで伝えたあと、リクエスト番組の後半に移った。洋楽の、不思議な歌がかかった。旋律のほとんどない音が、ほぼ一定のリズムを延々と刻む。

「あっ、ラップですよ、これ」

草が肩ごしに振り向くと、久実が宙を指差していた。

「ラップ?」

「生ラップ事件のラップ。聖ちゃんが紅雲中の放送でかけちゃった」

これが、と草はラジオに額を近づけた。和太鼓に似た腹の底へ響くリズムに包まれると、それに合わせて自然に頭が揺れてくる。

「聖ちゃんがかけたのは、日本語のラップみたいですけどね」

「ほんと、お経みたい……面白い。韻を踏んでる」

似た音が繰り返されている。英語がからきしだめな年寄りでも、その程度は聞き取れる。ラップのリズムや言葉に心身をゆだねると、ほぐれて力が湧いてくる。

ガチャッと器が鳴り、草は我に返った。圭一が、現代的な織部のコーヒーカップをソーサーに置いたのだ。顔を見ずとも不機嫌だとわかる。遠慮のある他人にさえ、こうなのだ。家族にはどうだったか、想像するまでもない。

ガラス戸が開き、ごめんください、と救いのような女性の声がした。

草は新しい客の顔を見る前に久実に合わせて、いらっしゃいませ、と声を張った。あっ、聖ちゃんの、と久実が言う。草はそれを聞いて、芥子(からし)色のコートの客が渡辺聖の母親だとわかった。

「どうぞ。あの、あちら百々――」

「これは困ります」

カウンター席を勧めた草の手元に、クリーム色の分厚い封筒が置かれた。開いている口から、身に覚えのない札束が覗いている。かっちり整った新札の束が重ねて二つ。二百万円。その札束に気づいた様子の百々路圭一、怪訝な顔の久実と目が合った。

草は何か言う前に、出てゆく圭一を見送ることになった。

三和土の通路を通って自宅へ案内された聖の母親は、なかなか炬燵につかなかった。居間の向こう隅へ吸いよせられるように歩き、まず立てかけてあった娘の写真パネルに当惑して見入り、次にその横にある小蔵屋の手提げ紙袋の中身――聖への礼を書いた一筆箋、図書カードや挽き豆とわかる包み――を覗いた。

それらは、今朝店前で会った聖から母が休みで二人して寝坊してしまったと聞いたので、あとでアパートへ持っていって母親から渡してもらおうと準備しておいたものだった。草は、以前寺田か誰かに言ったことを思い返した。

――あんなのを展示してちょっと心配だけど、いいのが撮れたら使うって約束しちゃったのよ。お母さんも許可したって言うし。

だが、聖は何も話していなかったらしい。

草は炬燵で緑茶を淹れながら、小蔵屋の小さな写真展について大まかに説明し、それは聖の守った古い写真パネル二枚がきっかけだったこと、この一枚は聖自身の作品でプロのデザイナーもほめた出来映えであることを伝えた。

「これをお店に……大勢が観たんですか」

親御さんの許可をとったと聞きました、と言えば火に油を注ぐ気がして、草は黙って右の襖前の座布団を勧め、緑茶を出した。

聖の母親が座布団ではなく、詰め寄るかのように草の真向かいへ座った。

「紅雲中は校則が厳しくなって、素行の一つ一つが内申書に響きます」

草は緑茶をそちらへ出し直した。

草の触れなかった封筒の二百万円を、母親が炬燵の真ん中へ置く。明るい裏庭を背にした母親の表情は、老いた目には見えにくくなった。

「聖は少々規格外です。でも、悪い子じゃありません。人並みに先へ進ませるには、できるだけ目立たないように、学校から目をつけられないようにしないと」

聞くだけの大人でも息苦しくなって、草は毛万筋（けまんすじ）の小紋の襟をゆるめた。今日はあわてて店に戻る必要もないので、まずは茶を啜る。

「どこにありました、これ」

辞書のケースの中にあったと母親が言う。

「聖さんが、私からだと？」

「あの子は、まだ授業中ですから。でも、訊かなくてもわかります。こんな大金をぽんと出してくれる方は他にいませんから」

草は図書カードとコーヒー豆の入った手提げ紙袋のほうを見やって、咳払いした。分厚い現金と比べると、ずいぶん見劣りがする。

「今東京の中学へ転校できないなら、高校からでいい、親元を離れて東京の高校へ行くだなんて……まったく、あの子の考えることったら……。私も、あの子の父親と電話で相談しました。でも、実現は無理です」

「大変な時期ですよね」

思春期の子育てはさぞかし大変だろうと草が思っていると、

「ええ。あの返済さえなければ、もっと楽なんですけど……」

と、母親がうつむいた。

「もしあの人があんな仕事に手を出さず、私が連帯保証人になる必要もなかったら、たぶん結婚は続いていて……聖だって、小蔵屋さんに相談しないで済んだと思います」

すでに草が聖から聞いているものとして、母親が続ける。

「親としては情けない……だから、お気持ちはありがたいんです。でも、聖はまだ子供です。高校から一人暮らしだなんて危なっかしくて。これも聖が話しましたでしょう、オオサワトオルくんのこと。オオサワくんは東京のおばさんの家から校則のない自由な公立中学校へ通うそうですけど、よそはよそ、うちはうち。我慢を教えませんと。この先、つらくなるのはあの子ですから」

初耳の話を呑み込み、転校時にラップをリクエストしたオーサートールという子の存在を思い出すのに、草は少々時間がかかった。

どこにいるのか、鳩の声がする。

「あの、どうして聖さんは東京の学校へ行きたがるんでしょ」

ふいに振り出しに戻されたみたいに、聖の母親が身を引いた。

「街は面白いし、私を放っておいてくれるから、って」

何を今さら、という顔が草を見る。そこまで話してやっと聖の母親は、自分を疑うかのように眉根を寄せ、せわしく瞬きした。高校の学資として二百万円を出したにしてはおかしい、とうっすら気づいたのかもしれない。

草は頭の中で算盤を弾いた。安い間借りのような住まいが見つかりさえすれば、生活費は家賃込みで月五万、年間六十万、三年で百八十万。公立高校なら、親が学費を出し、この金とアルバイトがあれば、なんとか卒業できそうではある。

草には気になっていることがあった。

「あの、渡辺さんのお宅は、郵便受け側の二階の角部屋でしたか」

草は、写真パネルと手提げ紙袋を見た。聖の母親も草の視線をたどる。郵便受け前で草が見上げた二階の角部屋から、あの子は帰ってはないみたいだの、じゃあ勘違いかだのと男女の会話が聞こえたのだった。

「先日、お客様だったようで」

そこの写真パネルなどを届けるつもりでアパートまで行ったかのような、草のわざと曖昧にした話に、彼女が急に顔を赤らめた。

「あれは、その、仕事のことでちょっと……」

渡辺親子の部屋は二〇一号室で、その番号の駐車枠には黒っぽいステーションワゴンが停めてあった。後部座席にはチャイルドシートが見えた。

「じゃ、あとで来るように、聖さんへ伝えてください」

草は母親の持ってきた封筒に初めて触れ、自分の近くへ引き寄せた。

こうなれば、聖に訊くしかない。


その晩、閉店寸前に現れた聖は悪びれもせず、封筒を取りに来ました、と言った。

今日は、つんと尖った赤いニット帽に、べっ甲ふうの角張った伊達眼鏡。だぼっとした黒いコートの下はジャージだ。

「何をしたの。私には訊く権利があると思うけど」

カウンターの向こうに立ったままの少女に、草は問いかけた。ニット帽と伊達眼鏡を外すよう強く促すと、聖は従い、表情を引き締めた。客の引けが早く、とっくにレジを締めてしまった久実は、ガラス戸沿いの和風ブラインドを下ろしてまわっている。その久実の方をちらっと気にしてから、聖が一歩カウンターへ近づいてきた。

だぼっとしたコートのポケットから出てきた数枚の写真が、カウンターに並べられた。草は首にかけた紐をたぐり、老眼鏡を懐から出してかけた。日時入りの写真の一枚は、赤い自転車と二〇一の駐車枠に停められた黒っぽいステーションワゴン。あとの二枚は、二十代だろう看護師の腰に手を回す医師、人気のない踊り場で医師に肩を抱かれる事務員だった。医師の男は、白衣を着た同一人物だ。

「たらしに、貢いじゃって」

中二の口から出てきた言葉とは思えず、草は耳を疑った。

こうなると、この医師が黒っぽいステーションワゴンをアパートへ乗りつけて聖の母親とも会っていたということなのだろう。

「私は、お金を取り戻しただけ。少し利子つけてもらったけど」

聖の後ろの方で、久実がブラインドの紐を持ったまま固まっている。聖の母親が帰ったあと、草から事の次第を聞き出した久実は、じゃあ証拠写真を突きつけて、母親と交際中の既婚者を脅してお金を巻き上げちゃったんですかね、と言ったのだったが、それとも違ったようだ。

現金と引き換えにしたはずなのにまだ写真を持ってるのかと草が指摘すると、デジタルカメラの画像は男の目の前で削除したと聖が微笑む。

「こんなことが、なぜわかったの」

「喧嘩に噂、あと忠告かな。子供って、けっこう大人の話を立ち聞きしてるから」

二の句が継げない草の前で、聖が深いため息をついた。

「どうしてこう、自分で稼いだお金を粗末にするんだろ。学習機能、壊れてる」

粗末、という言葉に、草は少女の祖母を見た気がした。

辛辣な言葉には、どことなくあたたか味があった。母親が頼りなく見える日を、自分がしっかりしなければと覚悟する日を、この少女はいつ通りすぎてきたのだろう。早熟なのか、必然だったのか。

草は事務所の金庫から現金の入った封筒を取り出し、例の写真パネルや図書カードなどと合わせて、聖にしっかりと持たせせた。

「お母さんに渡すのよ」

「噂がほんとで、母が傷つきますけど」

「しかたないわ。大人なんだし」

化粧気のまったくないベリーショートは、なんだか神々しい。もう子供の顔ではないし、社会にもまれた大人の顔でもない。その瞳は、水辺に現れた若い鹿のように、今この時だけの輝きを放っている。

「久実ちゃん、車で送ってあげてくれる?」

草はガラス戸を開け、少々下げてあったブラインドをくぐって表へ出た。

久実と聖があとに続く。

空には大きな星が一つ瞬き、だいぶ冷えてきていた。小紋の襟元を押さえた草は、その時、駐車場の道路に近い右隅に意外なものを見、そばにいた久実もほぼ同時にその光景を確かに見たのだったが、互いに驚きを隠して、お疲れさまでした、安全運転でね、と声をかけあったきりだった。

一ノ瀬が、自分の四駆と白い四駆の間に、髪の長い女性を引き込んで身を隠したのだ。

まったく逆側の、店舗寄りに停めてあった久実のパジェロは、素早く道路へ走り出ていった。ウインカーを点け忘れ、しかも聖のアパートとは逆の丘陵方向へ。

第五章

月夜の羊

水拭きした楕円のテーブルが、朝の清潔な光を反射する。

「そうだ、久実ちゃん、水道管の工事は今週よね」

返事がないので、草は顔を上げた。

出入口のガラス戸を磨いていたはずの久実は、手を休めて外を見ていた。右の向こうへ視線を送っている。昨夜、一ノ瀬が二台の四駆の間に長い髪の女性を引き込んで隠れた方だ。あの光景を、何回も頭の中で再生しているのだろう。

さきほど出勤してきた久実に、彼から話を聞いたかと草はたずねたのだった。

――聞きました。また山に誘われてる、みんなあきらめが悪いんだ、って。だったら、隠れる必要ないのに……。

――言ったの？　そしたら、なんだって？

――余計な心配をさせたくなかった、と。それって、山だけじゃなくて、心配させるような話があるってことですよね。

正直に話すよう一ノ瀬に忠告したのは草だったが、久実の気持ちは晴れていなかった。白い四駆の女性を先に帰してから小蔵屋に顔を出した一ノ瀬を、追い立てるようにして帰宅させたのに、だいぶ話がこじれている。

「あのね、女じゃなくて山よ、山。昔から、女房の妬くほど亭主もてもせずって……あっ……違った……」

口を滑らせた草をちろっと見た久実は、また引戸のガラスを磨き始める。

端(はた)が言えば言うほど、久実の疑心はつのるらしかった。

草はとりなすのをやめ、懐で震えた携帯電話を取り出した。電話は一ノ瀬からだった。草は久実に事務所にいるからと断って、奥へ引っ込んだ。もしもしと呼びかけると、出勤していましたか、よかった、と一ノ瀬が言う。

「やだ、久実ちゃん帰らなかったの？　さっき、昨夜話したって……」

「それは電話で」

「じゃあ、実家のほうへ泊まったの」

「いや、友だちのところだと思います。実家は、両親が家庭内別居中で気まずいから」

何それ、と草は聞き返した。

「おれも電話を立ち聞きして知っただけなんです。久実がスピーカーモードにしていたから、お兄さんの声が丸聞こえで。両親が険悪らしく、お母さんが夫婦の寝室を出て、久実の部屋で寝るようになったとか。久実をよろしくと頭を下げたお母さんのことを、娘を安売りするな、久実が怒るのも当り前だ、とお父さんが怒鳴ったそうで」

「安売り……」

「まあ、そうでしょう。やっとこの歳で正社員、それも実家の会社ですからね」

ふうっ、と電話の向こうとこっちで、ついため息が出る。

「ねえ、昨日のあれ」

「はい」

「女じゃないでしょうね。山でしょ、山」

ははは、と力なく笑った一ノ瀬が、ああそうだ、と真面目な声を出した。

「シャインなんとかの林さんは、山とは無関係でした」

「え？」

「林さんをたずねまわったら、逆に藪蛇になってしまって。林さんの勤務先はシャインエースですよね。シャイン化学の子会社の」

「そうなの？」

彼が調べたところ、シャインエースはシャイン化学の子会社で市南部にあり、営業部に林は二名、一人は林直盛、もう一人は女性だという。

聞いた内容を、草はメモ用紙に書きとめた。言われてみれば、並んだ文字に見覚えがなくもない。

「どういうことかしら……」

「さあ……おれもさっぱり」

「公介さんは、林さんと電話で直接話したの？」

「いえ。職場に伝言を残したら、小蔵屋さんとは話しましたが人違いです、とケータイにメッセージが。それきりで」

どうもお世話になります、と電話の向こうで声がし、一ノ瀬は忙しそうに電話を切った。

「人違い……でも、私と話した人はこの林さんに間違いない……」

とすると、林が会いたかった相手が一ノ瀬ではないということになる。

草は記憶をかきまわす。薄暗い中に、一枚の名刺が浮かんだ。郵便物の山の上に置かれた名刺だ。あれは百々路宅の郵便受けに入っていた。林はシルバーのバンに乗って百々路宅前にもいたのだった。

まいったわね、と草はぺちぺちと額を叩いた。

「藪蛇だったか。あー、久実ちゃん、ごめん」

相手を取り違えていた自分にあきれ、年寄りの出る幕ではないと思った。

だが、昼休みに自宅でノートパソコンを開き、シャイン化学のひと昔ほど前について検索してみると、たどった糸はぐるりめぐって紅雲町へつながっていた。

シャイン化学にはインターネット上で調べれば誰にでもわかる、しかし、新聞やテレビには取り上げられていない大問題があった。九年前の防火塗料問題だ。「壁や木材等の素材を損なわず、防火性大」のはずが、「塗装後一年未満で剥落が見られ、期待される防火性も他社製品より大幅に落ちる」事態に陥った。当時、シャイン化学は製造指示書にミスがあったと認め、指示元である開発チームの社員が責任をとって辞職している。客からのクレームによる多数の塗り替えや、実際の火災における係争があるものの、リコールには至っていない。マスメディアの大スポンサーは強い、といった皮肉めいた意見もネット上に散見された。

おそらく、この塗料が小料理屋の厨房の板壁にも塗られている。

「それに、九年前、百々路圭一さんは引責で辞職……」

圭一の白い顔が思い浮かんだ。

河原では、こめかみの辺りが堪えているように見えた。

彼の部屋を、聖はお仕置き部屋みたいと言ったのだった。

彼の瞳には九年前しか見えていないのだとしたら——草は老眼鏡を外し、裏庭へ目を転じた。

ガラス戸からの日射しで縁側は日だまりとなり、炬燵から眺める向こうはまぶしい。十一月に入っても昼間は比較的あたたかい。表には白い蝶がひらひらと飛び、冬の訪れを知らせる石蕗(つわぶき)の黄色い花がそよ風に揺れていた。

「今が境目……か」

草は両手の人差し指を使って「シャインエース」とパソコンに入力し、検索をかける。シャインエースの電話番号は容易にわかった。

「確かめてみますか」

シャインエースへ電話をかける。

めげないね。

呼び出し音の間、先に逝った一人息子の、大人とも子供ともつかない声を聞く。

鰯の生姜煮、茄子の煮びたし、取り寄せの手作りソーセージ数種をたっぷり手提げの紙袋へ入れ、久実に持たせた。

「お疲れさま。マンションに帰って二人で食べて、ちゃんと話すのよ。いい？」

「おいしそう。公介、青魚も好きなんですよね」

ごちそうさまです、と久実が自然な笑みを浮かべた。おいしいものが微笑ませるだけの、心のゆとりはまだあるらしく、草はほっとする。

「そうだ、由紀乃さんとこでもらった林檎もあったんだった。待ってて」

三和土の通路を往復して自宅から林檎を持ってくると、閉店後の店から話し声がした。千本格子の引戸の向こうに、長い髪の後ろ姿が見えた。

「私なら、スーツに閉じ込めるような生き方はさせないわ」

草は千本格子の引手にかけた手を下ろした。

彼女の声は自信に満ちていた。薄手のセーターの上にチェック柄のシャツを羽織り、紺色のジャージのすぼまった裾と白いスニーカーの間には、引き締まった足首と短い靴下の赤が覗いている。

「彼、たいがい一人で登るでしょう。だから修験者にたとえた人がいたわ。哲学者みたいと言った人もいた。山をあれだけ知っているのに自然に対して謙虚で、知識や経験を分け与えて惜しまない。希有な人なの。愛されてるの」

愛している、と聞こえなくもない。

「あなたに会わせまいと必死だった。彼、ああいう内向きの人じゃなかったのに」

長い髪の向こうにいる久実の表情はわからない。

「お願い。自由にしてあげて」

もう終わりなんです、と久実が言った。帰るよう身振りで促し、長い髪の女性が車で去ってゆくと、久実も上着と荷物を持って出ていった。千本格子を開けた草には会釈したのみだった。

林檎を抱えた草は、誰もいなくなった小蔵屋に立った。

——もう終わりなんです。

閉店を告げたはずの言葉が、取り返しのつかない一言に思えてくる。

これまでの久実を振り返ると、いたたまれなかった。久実は努力してきた。彼に自由でいてほしい、対等でありたい、と。

その夜、草は夕食と風呂を済ませても寝つけそうになく、個人宛の郵便物に目を通した。このところ忙しく、差出人と大まかな用件を見ただけで、詳細はほとんど読まずじまいになっていた。街中の古い知人宅から届いた喪中葉書の寂しさを、器作家からの便りが埋めてくれる。滋賀に窯を持つあの無口な男らしく、二つ折のパンフレットの隅に「仲間が増えました。お待ちしています。」とだけ書いてあった。彼の窯の周辺に、草木染め工房兼カフェ、画廊兼地産地消レストラン、長期滞在型ホテルができたという案内だった。写真の建物はどれも簡素で洗練されており、カナダのような自然豊かな場所を思わせる。「人が人を呼ぶ、実験場」だそうだ。職人、農家、美術収集家、地元の資産家、若手建築家、大手ホテル社長、なぜか大学のクリーンエネルギー研究室までが発起人に名を連ねている。どこにも書かれていないが、技、知、金を提供しあって豊かな地方をつくり、国内外を問わずつながってゆく、そんな意図が透けて見える。

「何か、名前はないの？」

もう一度パンフレットをよく見てみたが、やはり名無しの実験場でしかなく、そのゆるさが草を微笑ませた。だが、この十一月から年末年始にかけてが、小蔵屋の書き入れ時。草は長期休暇の夢だけを見て、器作家からの便りを茶簞笥の上へ飾っておいた。

何が起きても、新しい朝は訪れる。

草は大判のショールを羽織り、いつもどおり黒い蝙蝠傘を突きながら河原へと歩いた。夜に何度か起こされた風はやみ、藍色の空は赤い水に浸したかのように東から染まり始めている。白い息が鼻先にあたたかい。

土手際の道には箱型の見慣れない車が停まっており、川辺にはネクタイなしの背広姿で林が待っていた。出勤してから作業着になるのだろう。寝不足なのか、二重の小さな目が赤い。朝の挨拶を交わす。

「お待たせして」

「すみません。早く来すぎました」

昨日のうちに、一度会って話したかったのは百々路圭一のほうだったと電話で確かめてある。

「百々路さんは来るでしょうか」

「さあ、どうかしら」

林は両手をズボンに突っ込み、分厚い身体を不安げに縮めて、土手の方を見た。土手の上の道にも、サッカーゴールのある運動場や整備された散策道にも、まだ人影はない。

「朝ここで待てば、そのうち会えると思いますよ」

草は早速、防火塗料問題で責任をとって辞職したのは百々路圭一なのかとたずねた。林が、束の間、放心したように草を見返した。

「百々路さんから、それを？」

「ネットで調べたら、時期が一致したので」

「ああ、パソコンをお使いに……あっ、すみません。そうです、おっしゃるとおりです」

林は何回も縦に首を振った。尖った短髪の整髪料が朝日にぎらつく。草はさらに訊いた。

「となると、百々路さんのいた開発チームが製造指示の際にミスを犯した」

「表向きは。しかし、実際は製造側のミスです」

川音のため聞き取りにくく、草は一歩近づいた。

「じゃ、濡れ衣」

「はい。百々路さんは、権力闘争の犠牲になった」

林はいたたまれないとでもいうかのように、足元へ視線を落とした。

林の話によれば、防火塗料問題は社内の権力闘争も絡み、社長派（私利私欲に走る現状維持派）と反社長派（企業理念に基づく改革派）の戦いでもあったのだという。そのため、社長派の製造部長は、反社長派の開発チームへ強引に責任転嫁。指示書の成分データを誤った数値に替え、そこにミスがあったとして開発データ管理者の百々路圭一に責任をなすりつけた。

「しかも、売り切るために社内調査の発表を遅らせ、そのことまで隠蔽しました」

百々路圭一は事実を知ったが、孤立。あきらめたように一切抗弁せず、職を失い、同僚だった恋人とも別れた。当時は、業績悪化でリストラによる解雇の嵐が吹き荒れていた。辞職を迫られた彼に同情はしても、首を賭けてまで潔白を証言する者はいなかった。

「私も、その一人です。子会社に移らされるまで商品開発部でした」

林は唇を噛みしめた。

草は言葉もなかった。寒気がして、大判のショールを掻き合わせる。

「マンションのローンはある、長男も生まれたばかり。首を切られるような危険は犯せなかった。百々路さんは、要領の悪い私に目をかけてくれていたのに……」

「それを謝りたかった」

「ええ。遅すぎるかもしれませんが」

林がうっすら微笑む。上半身を落ち着きなく揺らす。草は彼の瞳を見つめた。彼の笑みは消え、視線も逃げてゆく。頬が痙攣（けいれん）したかのようにひくつく。草は違和感を覚えた。とても本音を語った人間には見えない。

「それだけ？」

林が黙ったまま、震えるようにしてうなずく。

「違うだろ」

かすれ声がした。

「謝るなら、きみが成分データをおかしな数値に書きかえた件だ。製造部長の脅しに屈した」

林は目を剝いて土手の方を見、草もその視線を追った。

ほんの三メートルほどのところに、百々路圭一が立っていた。モスグリーンの野球帽を目深に被り、表情はよくわからない。

「し、知っていたんですか……」

林はショックに顔を歪めつつ、しかし、微笑もうとする。そうして、すみません、すみません、と繰り返した。両手を鳩尾（みぞおち）辺りで固く握りしめている。

「何回も謝ろうと思ったんです……やっとこの間百々路さんのお宅に名刺を……小蔵屋で待っていますと裏に書いて……。すみません、いいんです、来ていただける可能性はないと覚悟していたし、でも、今日こうしてお会いできましたし」

圭一は野球帽を被り直し、黒いコートのポケットに両手を突っ込んで押し黙っている。

指摘されなければ、林は核心に蓋をした謝罪で済まそうとしていたのだった。自分が楽になるために謝りに来たとしか、草には感じられなかった。

「おかわりないですね……驚きました……私なんてもう……」

林の左手には、銀色の結婚指輪。土手際の道に停めてあった箱型の車には、子供のものだろう小さなキリンのぬいぐるみや、サッカーボールを模した白黒のクッションが置いてあった。

圭一は黙したまま、林の声も絶え、三人は川音に沈み込んだ。

曖昧に許しを乞おうとすればするほど、溝が深まってゆく。

これ以上どうしようもないと悟った草は男たちに背を向け、川へ数歩近づいた。遠くから眺めると広い河原の一部でしかない流れは、間近では速く、水量もあり、場所によっては立っていられないほど深い。

対岸の上方の国道をゆく車が増えてきていた。

背後から、小さな咳払いが聞こえた。

「鏡を見て思うよ。白くてさ、日に焼けないからか皺が少なくて、なんだか変に若いんだ。過去の亡霊にも見える。これは何もない顔だ。九年間、何もなかった顔なんだ」

きみを許す気はない。

草はそう聞いた。百々路圭一は林に失望したのだ。

「きみは考えないか？　自分のしたことが……誰かを殺したかもしれないって」

他者への失望は、裏を返せば、自身への失望だ。厳しい見方をすれば、圭一自身もシャイン化学の他の人間たちと何ら変わらない。脅しに屈した。されるがままだった。それが何より許しがたかったのではないか。だから、自らを罰し、閉じ込めた。一人きりは、安寧であり、戒めでもあった。自分に生きる価値はあるかと、何かに向かって問いかけたくもなる。

草は人の気配を感じ、上流方向の河原を見た。

マントふうのコートに、すらりとした足。聖だ。今朝は二本の角が生えたようなニット帽に、丸いサングラス。全身黒で、まるで蝙蝠のようだ。今日こそ野球帽を返してほしいのだろうが、ひどく間が悪い。大きく手を振る聖を見やった圭一は、草を一瞥してから踵を返した。

「うんざりだ！　どうして、こう何人も何人も——」

圭一を逃がすまいと、聖が駆け寄ってくる。あのねー、と圭一に向かって呼びかける。

「みーんな、一人」

無視する彼に、聖は足を止めてサングラスを頭に置き、こっちを見ろとばかりに大きく両手を振る。

「ぜーんぶ、私」

変装が趣味の聖があなたの目の前にいた少女は一人きりだと訴えるが、それでも圭一の足は止まらない。怒りが露わな足どりだ。石を蹴散らし、砂をはね上げて遠ざかってゆく。

「私、なんか悪いことした？」

肩をすくめる聖に、草は首を横に振る。

人のもの奪っといてこれだから大人はー、と聖が口を尖らせる。

林は呆然と水辺の方を見ていた。

第二駐車場の掃除から戻った久実が、ごみ袋と竹箒を持ったまま空を仰ぐ。

ぽつぽつと店前の駐車場に黒い染みを作った雨はやんでいた。雲が多いことに変わりはないから、また降るのかもしれない。

草が軒下から出て立ち止まると、バケツに半分ほどの水がちゃぷんと音を立てた。前の道を、犬を連れた中年の主婦が歩いてゆく。

「何かしら、あれ」

「コーギーじゃないですか。足が短くて、かわいいから」

「じゃなくて」

草は自分の首元を指し示した。主婦の首にも、犬の首にも臙脂色をした太めのリボンが巻かれ蝶結びになっている。

「あれ、最近よく見かけない？　うちのお客さんでも」

「そういえば。何かのサポーターとか、募金運動とかですかね」

二人とも、ここにいて、ここにいないようなところがあった。久実は昨夜訪れた長い髪の女性に気を揉んでいるのは明らかで、草も河原での今朝の出来事が気がかりだった。

――きみは考えないか？　自分のしたことが……誰かを殺したかもしれないって。

鍵のない檻に自らを閉じ込める。いったんは、それで身が守れる。だが、長い歳月と無言の壁が、やがて己の正体を映し出す。脅しに屈し、その結果に目をつむる人間がここにもいると思い知らされる。九年。あまりに長く苦しい罰だ。

久実が竹箒とごみ袋を持って、店内へ入ってゆく。

「久実ちゃん、倉庫から戻ってくる時にバケツをお願い」

「はーい、ありったけ持ってきます」

老朽管の更新工事が、水を急に貴重にする。今日は午後、四時間の断水となる予定だ。

草はバケツの汚れた水を勢いよく、店前の駐車場にまいた。水が薄日に光り、抽象画のような模様を描く。

今朝、河原から三つ辻をめぐった帰りに百々路宅へも寄ってみたものの、インターホンは室内に音が響いたようだったが途中で切れ、玄関ドアや彼の部屋の窓をノックしても一切応答はなかった。さきほど電話しても、何回もの呼び出し音の末にあきらめることになった。いやな予感がする。振り出しに戻ったのならまだしも、前にも増して頑なになってしまったのだとしたら――。

木枠のガラス戸を開けて店へ戻ると、久実が流しでバケツに水を入れていた。大雨並みの水音が心地よく、草はそれに負けじと声を張る。

「飲み水用はもう汲んで、たっぷり置いてあるから」

「由紀乃さんは平気でしたよね」

「承知してるわ。一応また、電話しておいたし」

ぴたっと水音がやんだ。

「えっ?」

久実が首をひねり、蛇口を閉めたり開けたりしたが、まったく水が出ない。

「止まっちゃった、です」

「あら……」

草は空のバケツを持って、カウンターの奥へ入った。久実の用意したバケツの最後の一つは、まだ半分も水が入っていない。

間もなく近所から電話が数本入り、お水出ますか、やっぱり出ませんか、といった会話が繰返され、やがて運送屋の寺田が現れた。

「どうも工事を間違って、水道管を破っちゃったみたいですよ。道が水浸し」

寺田が由紀乃宅の方向を顎で指し示す。

「由紀乃さんのところへ電話してみるわ」

水は出るかという電話越しの問いかけに、断水は午後でしょ、と由紀乃が呑気に応答する。しかも、勢いのよい水音がする。

「今、流し。出るわよ、普通に。ヘルパーさんもいてね」

「あらそう。こっちは出ないのよ。ご近所も」

小蔵屋の辺りは出ないみたい、そうなんですか、とヘルパーとのやりとりが聞こえる。水の経路が違うんですかね、と寺田が首を傾げる。草は今現在わかっていることのみ伝えて電話を切った。

「そのうち直るでしょ」

ところが、午後になっても近隣住民や客がもたらす不確かな情報しか得られず、復旧にはだいぶかかりそうだという見込みが広まった。

「いつもより、お客さんの出入りが多いわね」

「ええ。トイレを使いたいという方もなんだか多くて。ご近所の人ですよ、たぶん」

「ここもだめかって感じかしら」

すでに開店時から臨時の張り紙をして、試飲とトイレ使用を中止しているものの、来る客、来る客に周知するのはひと苦労だ。手ひとつ洗うにも水が必要で、短時間ならまだしも、終日客の要望に応えるには無理がある。

客の出入りが多い一方、ざわつく店と張り紙を見て帰ってゆく客、あからさまにがっかりする客も少なくない。単なる物販なら他にも店がある。一杯の試飲、コーヒーの香り、古材と漆喰壁の落ち着いた空間といったものが、小蔵屋の生命線なのだと草はあらためて思い知った。

事務所で水道局に問い合わせた久実が、あさって中に復旧、明日は給水車が来るそうですと草へ報告する。

近くで聞いていた客から、後ろの客へと、さざ波のように情報が伝わってゆく。

草はカウンター内から、その光景を眺めていた。

「充分なサービスができてこそ、小蔵屋よね」

久実が草に並び、黙ってうなずく。

「大雪やなんかなら、うちだけでも開けておかなきゃと思うけれど」

午後二時過ぎ、客足が間遠くなったところで、草は閉店を決めた。

水道復旧まで臨時休業する旨の張り紙を表に出し、残っていた客を一人また一人と見送る。やがて店前の駐車場に客の車がなくなった。

草は最後の主婦二人とともに、店前の道路まで歩いた。

「今日は急なことで申し訳ありませんでした。あの、話は変わりますけど、これは……」

彼女たちの身につけている臙脂色の太めのリボンが気になり、流行か何かかと訊いてみた。元気そうな丸顔の主婦は首に、きりっとした眉の主婦はハンドバッグの持ち手に巻いて蝶結びにしてある。

「ああ、これですか」

頬骨の高い丸顔の主婦から、きりっとした眉の主婦へ視線が送られ、笑みが広がる。

「くだらない校則に反対する印です」

「ただじゃ、おきませんよ」

「まあ。じゃ、紅雲中の卒業生?」

主婦二人が、にっこりして一緒にうなずく。

「小蔵屋さんに飾られたパネルの写真、あれ、同級生なんです」

ね、ね、と主婦たちが互いの顔を見て言い、草へ礼を述べると丘陵の方へと歩きだした。子供の頃から仲よしなのだろうか。なんだか、二人の後ろ姿が、紅雲中の制服を着ているみたいに見えてくる。草は「とう」のところがぴょんと跳ねて高くなる、独特のありがとうございましたで見送った。

障子のように日の透ける和風ブラインドをあらかた下ろすと、店はしんと静まった。

「明日は定休日だし、二日半、ゆっくり休も」

「思いがけない連休ですね」

「ほんと」

湯の沸いた音がしてきた。

草は火を止め、近所にできたパン屋のクッキーを、現代的な織部の角皿に並べた。ざく切りナッツ入りのイタリア伝統菓子ビスコッティ、サブレ生地にキャラメルアーモンド、カシューナッツの載った丸いサブレ。どれも甘さは控えめで、ざくざくした食感が心地よくストレス解消にもなる。

自分たちのためにコーヒーを落とし、色絵の蕎麦猪口から啜る。

クッキーの包みは、再生紙の茶がかった袋と、パン屋のロゴ印を押した帯状の赤い紙。袋は口を幅広く折り返し、赤い紙は二つ折りにして袋に被せ、ロゴ印下の深い位置でまるごとホチキス止めしてある。再生紙の手触り、麦穂のデザインのロゴがこの焼き菓子の素朴さ、力強さにぴったりで、赤い薄手の紙に滲むロゴ印のインクまでが愛らしい。パン屋は天然酵母、自然発酵の欧風。早朝にはクロワッサンが飛ぶように売れる。細部にいろいろ宿るものだと、久実と話す。

カウンター席に座る久実はおしゃべりしつつも、別の何かにとらわれている様子だ。草は水差しの水でざっと林檎を洗い、むき始める。昨晩久実に持たせそこなった林檎だった。

「まいっちゃったな。山にはあんな人がいたんですね」

草が千本格子越しに話を聞いていたことを、久実は確かめもしなかった。

「気にしたって始まらないわ。スーツを選んだのは、公介さんだもの」

そうでしょうか、と久実が肩をすくめる。

「私と出会わなかったら？」

「そんなたられば、何になるの」

「でも……」

「起きたことは、起きた。なかったことにはできないわ」

たとえ今から誰を避けようと、自身を閉じ込めようと、過去は消せない。草は先に逝った一人息子の良一を思う。夫婦間の溝に落ちた我が子のことを。どこに閉じこもっても、罪は消せない。幸せに浸る時でさえ、その幸せに責められる。

「逃げ場はないの。そう思えば、かえって楽になるわよ」

「あー、それって……ジャンプ台ですね」

久実が微笑み、座ったまま両手を後方へ広げて前かがみになる。スキーのジャンプ台から滑り降りる真似だ。

「あれ、恐いんですよ。子供の練習用のでも、上に立つとびびっちゃって」

「飛んだの？」

「飛びました。無理するなって小学生に言われたから」

へへ、とアルペンの国体選手だった久実が笑い、草もつられて笑う。

「面白いですよね。あんなちっちゃなことでも、世界が広がる」

いつだったか、スキージャンプの起源は北欧だかどこだかの処刑方法だったという、嘘か本当かわからない話を草は聞いたことがあった。谷底へ向かって滑り、無事着地すれば許され、死ねばそれまで。そんな過酷な刑をもし科されたとしたら、縮こまっていてもしかたがない。目を見開き、手足を広げて真正面から風を受け、あとは天に任せるより方法はないのだ。

「恐い時、自分を信じると、腹が決まるんですよね」

粉引の器に盛った林檎のひと切れを、久実が頰張る。

恐い時、か――圭一の白い顔、しんと静まったあの家を草は思った。首の紐をたぐって携帯電話を取り出し、あらためて百々路宅へかけてみる。呼び出し音がひたすら続く。コードの抜かれた黒い固定電話が思い浮かぶ。

「ねえ、久実ちゃん、帰りに乗せてってもらえる?」

四時過ぎ、草は駅からほど近い病院に着いた。ついでにデパートへ寄るという久実に礼を言い、病院前でパジェロを見送った。

誰かの見舞いで訪れたのが最後だったそこは、改装したらしく、以前より明るい印象に変わっていた。内科や外科などの他に、リハビリテーション施設があり、歩行訓練をかねて院内を歩きまわっている高齢者が多い。

受付で教えられた病室の前まで行くと、白髪を下ろしたパジャマ姿があった。幾分身体を支えるようにして、引戸の太い取っ手を握っている。

が、草の気配に振り向いたその人は、百々路純子ではなかった。

お見舞いですか、と柔和な声でささやかれ、草はうなずく。数センチ開いている扉の向こうでは、冷たい子ね、あんな仕事が一体なんなの、と罵る声が続いている。

「ご親戚?」

「近所の者です。ちょっと用事が」

「またベッドに戻れそうにないわ」

女は、この二人部屋のもう一人の患者だった。皺に囲まれた白濁気味の瞳で草を眺め、お着物も帯も渋くて素敵、と微笑み、かぎ針編みの三角ショールを掻き合わせた。

「あれじゃ、娘さんだってどうしようもないわ。まとめるとね、子供をつくって、夫と別れて、仕事を辞めて、実家に戻って親きょうだいに残りの人生を捧げるのが当り前ってことになるの。お舅さんの葬儀を済ませたばかりの娘に、あんなこと言えます?」

ホスピスとあったのは、義父のファイルだったろうか。草は、十和がいつも提げている茶色と黒、二つの分厚い書類鞄を思い出していた。

「葬儀のことを聞かされていないとか」

同室の患者が、少々驚いて顔を引いた。

「聞いてますよ。私と聞いてましたもの」

早く個室が空かないかしら、と患者はつぶやき、エレベーターの方へ歩きだした。患者が手を離した引戸は、ゆっくりと音もなく閉まった。

その間も、圭一を連れてきたのは十和じゃないの、それなのに二人きりにして、こんなのだって着たくないわ云々と、純子の悪態は途切れない。長年の間に癖になったのか、一度始まると本人にもなかなか止められないといった溢れようだ。

「今の暮らしは、お母さんとお兄さんが望んだこと——」

十和の冷静な声は純子の悪態に押され、尻切れ蜻蛉（とんぼ）になった。

草はノックし、声がやんだところで中へ入った。

純子は青や緑が鮮やかなアーガイル模様のカーディガンを羽織ってベッドに起き上がっており、十和は紺のゆったりとしたデザインのパンツスーツに白いブラウス姿で、ベッドの向こうの窓辺にもたれていた。

純子は誰が来たのかという顔で草を見、十和のみが会釈する。

十和は笑みを浮かべたものの、頬は削げ、疲労の色は隠せない。聞かれたくない話を立ち聞きされたとわかっているだろうに堂々としている。とりつくろってどうなる、という境地なのかもしれない。ドラッグストアのレジ袋やデパートの手提げ紙袋を椅子から広めの窓枠へと移し、例の二つの書類鞄の横に並べてから、草へ座るよう勧めてくれたが、草は首を横に振り、純子の方へ近づいた。

「言いやすいところへ当たるの、終わりにしませんか」

純子が何も聞こえなかったような顔で見返してくる。

草は懐からがま口を出し、さらにその中からフキダシメモの一枚を取り出した。

《たすけて》

白い紙に黒いボールペンの、力なく乱れた四文字。百々路圭一が外の世界に向けて、自分に生きる価値はあるか、と問いかけた一言だ。

草はそれを純子の目の前へ、しっかりと示した。

「これが、最初にお宅へ入ったきっかけです。道で拾いました」

純子が眉をひそめる。説明はいらなかった。特徴的なメモ用紙、自分に書いた覚えがない、そう考えれば誰の文字かは容易に推測できる。

「圭一さんが、会社を辞めた本当の理由をご存じですか」

一歩ベッドに近づいてきた十和にも、草は目で訊いた。

「詳しいことは何も。兄は仕事上で失敗して責任をとったとしか……」

草は手短に、今朝知った件を伝える。圭一が社内の権力闘争の犠牲になり、濡れ衣を着せられたこと。その際に親しかった部下に裏切られ、また同僚だった恋人とも別れたこと。杜撰(ずさん)に製造された防火塗料は火災時に人命を奪いかねない大問題でありながら、リコールに至らず、その面でも圭一を脅かし続けていること。河原でのあの光景を思い返すと、目を剝いた林や野球帽を目深に被った圭一が浮かぶものの、すでに遠く、なぜかずいぶん前の出来事のように感じられた。

「圭一さんは、九年前につまずいたきり、立ち上がれずにいます」

草はベッドの上のサイドテーブルからノック式のボールペンを取り、書けるようにしてから純子に持たせた。

「息子さん、ぼろぼろですよ。もう一度立ち上がるには、いろんな助けが必要なんです」

さらに、草はフキダシメモを裏返してサイドテーブルへ置いた。

「日々の頼みを聞くだけじゃなく、言ってあげることがあるはずです」

純子はボールペンを白い掛け布団に力なく落とし、自分の両手を見つめた。骨ばった細い指の、つれたように無数の皺がある乾燥した手を。それから自分の小さな頭に、髪に、顔に触れていった。暗闇の中で自身の顔かたちを確かめるかのように、ゆっくりと、慎重に。指先が高い段鼻から荒れた薄い唇をたどる。見開かれた目には何が映っているのか。壁でも、サイドテーブルでも、娘や着物姿の老女でもないことだけは、はっきりしている。

病室は静まり返っていた。

院内を行き交う足音、ワゴンを押す音、咳や話し声が耳に戻ってくる。

窓の外には、通り沿いのオフィスビルで働く人々や、巨大な四角い煙突にも似た機械式駐車場が見える。数羽の鳩がビルの谷間を渡る。

《うけいれて》

純子はボールペンを掛け布団の上から拾い、たすけて、の裏面にそう書いた。思いの外、力強い筆跡だった。

草はフキダシメモを預かり、百々路の家の鍵をテーブルに返した。キーホルダーの銀色の鈴がシャラシャラと、遠い記憶のような音色を奏でる。

十和がベッドの向こう側から、純子の背中へ手を置いた。

「家族一緒がつらいなら、離れようよ」

鮮やかなアーガイル模様のカーディガンに包まれた薄い身体は、その手を拒みはしなかった。

久実が予め教えてくれたとおり、草は左の水栓金具を回す。お湯が出るのを手で確かめてから、シャワーの下に立った。ガラスで仕切られたシャワーブースで湯を浴びていると、京都辺りのホテルにいる気分になってくる。帰りに病院前の路肩にパジェロが停まり、久実に強く勧められて、入浴と夕食に招かれたのだった。

暖房のきいた浴室でホテル仕様のバスタオルに包まれると、なおいっそう旅先のような気分が増す。洗面所の右側の棚には、来客用に中間色の美しいタオルセットがいくつもあった。自由に使ってと、貸主が久実たちに提供しているものの一つだ。

洗面台に置いていた携帯電話に由紀乃から電話が入り、草はスピーカー機能を使って話し始めた。もしもし、と呼びかけると、お店が終わったらお風呂に来ない、と誘われ、その親切につい笑ってしまった。早仕舞いしたことを、由紀乃にはまだ話していなかった。

「ありがとう。でも、いま湯を浴びたとこなの」

「それなら、よかったわ」

「どこにいると思う？」

「どこって……あっ、わかったわ。上の温泉でしょ」

洗面台の隅のシンプルなデジタル置き時計は、まだ七時になっていない。通常なら小蔵屋は営業中のはずだが、由紀乃は不思議がらなかった。

「久実ちゃんのマンションにいるの。今、シャワーを借りたとこ」

「まあ、そうだったの」

「断水で早仕舞いしたのよ。復旧まで臨時休業。あさって中には、水道が直るらしいから」

そういえばまだ六時半過ぎだったわ、と電話の向こうでも時計を見たようだ。

草は郊外の衣料品チェーン店で買った下着を身につけ、その着心地に、おっ、と思う。

「来る途中で、下着まで買っちゃったわ。安いの」

値段を教えると、ええっ、と由紀乃が驚く。

「バーゲンだったの？」

「定価よ。しっかりしていて、一着ずつ袋入りで売ってるの。久実ちゃんのおすすめ」

私もほしいわ、そうでしょう、などとおしゃべりした末に、由紀乃がふと言った。

「そんなに安くて、作っている人はちゃんとお給金をもらえるのかしら」

もっともな由紀乃の言葉に、そうよねえ、と草は相槌を打った。百々路家のごたごたや、どうしても一人で帰りたくなさそうだった久実の様子には触れず、明日行くわ、と約束して電話を切る。

洗面台の、裏が棚になっている大きな三面鏡を見ると、湯上がりで普段よりいくらか色艶のよい老婆と目が合った。棚の扉でもある左右の鏡を少しずつ自分へ向けてみる。まぎれもない老人の上半身が左右にも現れる。背の低い痩身は、老いとともにいっそう小さくなった。濡れてより少なく映る白髪、ろくに肉のない首や肩、洗濯板を思わせる肋骨の浮いた胸。面白いほど立派に年老いたものだと、今さらながら感じ入る。若いつもりでいても、これが現実だ。いくつになっても、頭の中の自分の姿は現実より若い。いつの間に、肉体は自分の思う自分を追い越していったのか。

「うけいれて、か」

自分の現状を受け入れ、他人の厚意も受け入れる。

それがいかに難しいか草は知っているし、百々路純子の書いたあの一言を人に言われたくないとも思っていた。髪を乾かし、汗が引いてきたところで身支度を整える。履かなかった黒い革靴が思い浮かび、黴のにおいが鼻をかすめた。脳梗塞の後遺症で左半身が不自由になった自分を受け入れ、現在の生活を築き上げた幼馴染みの由紀乃に、あらためて敬服する。彼女にはかなわない、と思うと笑みが浮かぶ。

白髪を盆の窪でお団子にまとめ、小振りのべっ甲の櫛を差したところで、リビングダイニングの方から甲高い声が上がった。

「久実ちゃーん、どうかした？」

草が浴室から出てゆくと、広いリビングダイニングには誰もおらず、久実が菜箸を持ったまま玄関の上がり端にいて、玄関には背広姿の一ノ瀬と大きなボタンのコートを着た久実の母親が立っていた。なんでお水なんか、と久実が言えば、小蔵屋へ持っていったのよ、困ってると思って、と母親が言い返す。草の挨拶に母親が会釈したものの、押し問答は止まらない。どうも断水騒ぎを人伝てに聞いた母親がポリタンクを購入し、水を入れて小蔵屋まで運んだものの臨時休業と留守を知り、マンションまで来てみたら帰宅した一ノ瀬に出くわしたということらしかった。娘に会う口実がほしかったのだろう。ドアを背にネクタイをゆるめた一ノ瀬が、久実と母親の向こうから、まいったなという顔で草を見る。うっかり口出しすれば逆効果だと、草は目配せした。

「そんなこと、頼んでないってば」

「持って帰るわよ、帰ればいいんでしょ。親を邪険にして」

草は心配になってキッチンを往復した。現代的なアイランド形キッチンには、野菜の載ったまな板や、湯気の上がる黒い琺瑯(ほうろう)鍋があったが、ガスコンロの火は消えていた。

「あのね、お母さん」

久実が声の調子を落とした。だらんと両手をたらし、菜箸が小松菜か何か緑のものを先につけたまま揺れる。

「私たち、けっこう順調に暮らしてるの」

久実が静かにたたみかける。

「お母さんとお父さんは？」

あまりに直截な物言いに、久実の母親は涙目になり、一ノ瀬が天井を仰ぐ。

「よく覚えてないけど、私ってちっちゃい時、恐がりだったんだよね？　だから、お母さんはスキー教室へ連れてってくれたんでしょ？　がんばれーって、いつも応援してくれたじゃない」

臆病だったという幼い久実を、草は思い浮かべてみた。両親や兄の後ろに隠れる、スキーウエアの小さな女の子。雪の上で転んでは泣き、時には帰りたいとぐずったのかもしれない。

「お母さん言ったよね。挑戦するといいことあるよって。それ、今だっておんなじでしょ」

その子が努力を重ね、いつの間にか、スキー選手になった。小学生に馬鹿にされまいと、練習用の小さなジャンプ台にも挑んでみる大人に変わっていた。あんなちっちゃなことでも、世界が広がる。そう言った。

「私、お母さんを応援してるから」

応援は、その腕をほどいて初めてできる。愛しい人を送り出す勇気を持つことだ。

私も応援を受けるなら、まずは一人で立ってみる。応援席が眺められるくらい遠く、声援が届く程度の近さに――そんな宣言にも聞こえる。

三人にしたほうがいいだろうと思い、草は夕食を辞して帰り支度をした。

ところが、タクシーを呼ぼうとする草を一ノ瀬が送るからと止め、さらに久実の母親が送ると言ってきかず、結局、草は茶色っぽい古いサニーに乗ったのだった。

運転席の後ろに草を乗せると、久実の母親はほとんど話さなかった。

草の隣には、水栓のようなノズル付きのポリタンク四個と、デパートの駅弁大会で久実が買った平日の縁側の押し寿司。

――応援してるから、か。

赤信号で停まった折に運転席から聞こえた独り言は、草の耳に優しく残った。

それで縁側のお寿司なのね、と由紀乃が箸を伸ばす。

朱塗りの角皿に万年青の葉を一枚敷いて平目の縁側の押し寿司を盛りつけ、銘々の器で取り寄せの蛸の旨煮や牡蠣のコキール、サラダ、吸い物を付け加えると、ちょっとした外食気分が味わえる。押し寿司が今日まで持つと知り、昨夜草は冷蔵庫の残り物で済ませたのだった。

由紀乃宅には、テーブルの脚にまで日が差し込んでいる。

「応援してるから、だなんて、久実ちゃんらしいと思わない？」

「優しい親離れね。うちの子たちとは大違い」

由紀乃が微笑む。由紀乃の息子と娘は、進路、就職、結婚と何をするのでも先に自分で決めてから親へ報告のみしていた。

「実家に何事かあれば、二人とも飛んでくるじゃないの」

由紀乃が口をへの字に曲げる。まんざらでもない顔だ。昔は一人暮らしを始めた子供たちに電話をして、親のありがたみがわかったでもなければ寂しいでもない、そっけないの、とあきれていたが、今では孫の成長を楽しみにしている。

「草ちゃんに似てるのよ」

意味がわからず、草は由紀乃を見返した。

「うちの子たち、どことなく草ちゃんに似たの。半分、育ててもらったようなものでしょ」

親友の思いがけない台詞に、咀嚼し足りないまま蛸の旨煮を飲み下す。

「私より、草ちゃんをお手本にしてたとこ、あったと思う」

やあねえ、と草は何食わぬ顔で茶を啜る。

だが、由紀乃の言葉は胸に沁みわたっていった。人生の大きな欠落、母として何もできなかった罪悪感を、おくるみのように覆ってくれる。荒れ果てた地からどうにか立ち上がり、分け与えられたわずかな種を蒔き、小さな収穫を繰り返して、長い時をかけて得られるものがあるのだと胸のあたたかみに教えられる。

「よかったら、お風呂に入っていかない？」

「念のため、昨日の朝、湯船に水を張っておいたのよ。だから、入ろうと思えば入れるし、一人分の生活なら復旧まで持ちそうなの。ほら、久実ちゃんのお母さんにも水を頂戴したでしょ」

「だったら、安心ね」

「それに今朝、寺田さんが一箱ペットボトルの水を差し入れてくれて」

「あら、お水だらけ？」

由紀乃と食べておしゃべりした帰り道、日暮れの公園にはまだ給水車が停まっており、水を求める住民が列をなしていた。百々路圭一の姿はない。大体、あの家まで断水しているのかどうかを草は知らなかった。

古い遊具のみの公園を取り囲む行列の後方から、携帯電話を見ていた高校生くらいの男の子が外れ、押していた自転車に乗り込んだ。順番はいいの、と後ろの主婦に訊かれ、トイレの水だから川で汲む、と答えてペダルをこぎ出す。それを聞きつけた老人も列を外れて河原の方へ歩きだし、青いバケツのツルを腕に通して煙草に火をつけた。

自転車の男の子に声をかけた主婦の首には臙脂色のリボンが巻かれており、公園脇に建つ住宅の玄関ドア、別の家の車庫にあった軽自動車のルームミラーにもそれは結ばれていた。臙脂色のリボンの主婦や、何人もの顔見知りと草は会釈や挨拶を交わし、煙草のにおいの漂う住宅街の道を歩く。川だって。川？　そんなやりとりがちらほら聞こえ、後ろに人の気配が続く。ちらっと振り返ってみると、バケツやポリタンクを持った人たちが五、六人、草のあとを歩いてくる。

自然にできた行列につらなり、草はなんとなく離れがたくなった。

土手を上がった時には日が落ち、藍色に沈んだ川辺には焚き火が燃えていた。

上流の長い橋や対岸の上方にある国道の、等間隔に連なる街灯、車のライト、そういった人工の明かりから離れた場所で、焚き火が手招きするかのように人を呼ぶ。煙草をくわえた老人の蟹股が行くあとを草はたどる。老人がバケツと似たような色のスニーカーで、邪魔な石ころを脇へ蹴り飛ばす。川の方から来たバケツを二つ提げた初老の男が、手ぶらの草を不思議そうに見てから草の後ろへ続く人たちに、ロープのついたバケツを使いなよ、と言った。

川音へ近づけば近づくほど、足元は薄暗くなってゆき、焚き火の大きさと明るさが増す。煙草とは違う、懐かしい煙のにおいが漂う。

焚き火は水辺から数メートルの場所にあった。

七、八人が立ったまま取り囲み、世話好きそうな小柄な男が一人しゃがんで火の番をしていた。炎に照らされた顔の中には、中学生だろう男の子やジョギング途中のような格好の男、缶ビールを飲む男もいた。誰もが静かに炎を見つめている。水際の方で、父親に連れられたジャンパースカートの幼い女の子がはしゃぐ。草が細い薪の小山の辺りで草履の足を止めると、砂のすれる足音の末に一人分の場所が空いた。草はそこへ入り、冷えた手を大判のショールから出して火にかざした。炎の熱と揺らぎに魅了される。燃えさしの木が火の番の男に押し込まれ、火の粉を散らす。

川では、女の子の父親が水辺の乾いた石に片足をかけてロープをたぐり、流れの速い方から、片口に似た注ぎ口付きの白っぽいバケツを引きあげて、自分の金物らしき二つのバケツまで水を運んでいた。なるほど、あれならごみのほとんどないきれいな水が汲めて、トイレ程度なら使える。ロープの端は、大水の時に運ばれたのだろう、根まであるうねった太い流木に結ばれ、流木は石を積んで固定してあった。

女の子の父親は、公園から来た高校生くらいの男の子に、足を滑らさないよう言ってから白っぽいバケツを手渡す。男の子が川へ投げた白っぽいバケツはロープをたぐってまた引きあげられ、くわえ煙草の老人が受け取り、男の子のポリタンクと老人の青いバケツを満たしていった。女の子はまだ遊び足りないと見え、父親は少し離れた場所まで自分のバケツ二つを運ぶと、女の子と石投げを始める。

こんばんは、あらこんなところで、と女たちの明るいおしゃべりが聞こえ始め、焚き火から中学生だろう男の子と缶ビールの男が離れていった。

草が女たちの方へ首を回すと、土手までまばらに続く人の往来のすぐそこに、野球帽を目深に被った男がいた。

顔を上げた百々路圭一と目が合った。草履と着物に気づいて顔を上げたのだろう。草はうんざりした表情に気づかなかったふりをして、圭一に一歩近づき、懐のがま口からフキダシメモを取り出した。

両面に文字の書かれたフキダシメモだ。

表には《たすけて》裏面には《うけいれて》とある。

圭一はポリバケツを持っていない方の手で、それを受け取るかに見えた。が、草の手から放れたフキダシメモはひらひらと舞い、たすけて、うけいれて、たすけて、うけいれて、と交互に炎に照らされ、焚き火の方へと吸い込まれていった。

圭一は草の姿など見なかったかのように、川下へと離れてゆく。草も数歩、あとを追う。彼の後ろについていた男が水を汲みに川へと進む。その時、圭一がつまずいてバランスを崩し、空のバケツを落として軽い音を立てた。音のした方を何人か見た気配がしたが、しんとしていた。圭一は膝に手をつき、痛みでも堪えるかのようにじっとしている。何もかもを拒絶する背中が、数メートル後ろに立つ草すらも寄せつけない。

「だいじょうぶ?」

かわいらしい声がした。

石投げをして遊んでいた女の子の声だった。女の子は拾った小石でチューリップのように両手をふくらませたまま、とことこと圭一に近づいていく。そうして、手の中の小石をどうしようかと迷う素振りを見せた末に、小石をそうっと砂の上へ置いてから、横倒しになっていたバケツを拾い、身体を反らすようにして両手で抱えて圭一の足元まで運んでいったのだった。

その光景が滲み始め、草は目元を指で拭った。

女の子のあどけない声と姿は、草の心にまで沁み、胸をいっぱいにしていた。

「あ……ありがとう……」

圭一のかすれ気味の礼が聞こえた。

右手で顔を拭ったのが、後ろから見ていてもわかる。

女の子は向こうの父親へ駆け寄って脚に抱きつき、頭をなでられた。小石は砂の上に忘れられ、圭一は空のバケツを持って土手へと歩きだした。顔を伏せて洟(はな)を啜り、しきりに目元を拭う。

圭一を見送った草は、やはりそれまで彼を見ていた女の子と父親に笑みを送った。

――みーんな一人。

――ぜーんぶ、私。

ここで渡辺聖は、そう言ったのだった。

来た道を戻り始めた草には、あの時と違った意味に聞こえる。

誰も彼も孤独。苦しむあの人も、傷ついたこの人も、なり得た私。そういう意味に。

河原に聖や林まで居合わせた朝が、ずいぶん前に思えた。この頃ちょくちょくそんなふうに感じる。じゃあ、あれはいつのことだったろう。今日午後は由紀乃宅、午前中は帳簿付けに掃除洗濯、昨晩はマンションから早めに帰ってとさかのぼって考えてゆくうちに、たった昨日の朝のことだったと思い当たり、驚いてしまう。

「あの、すみません」

草は呼ばれて我に返り、立ち止まった。

呼び止めたのは、思ってもみない人だった。

草は短い言葉を交わしてまた歩きだし、土手を越えてから由紀乃へ電話をかけた。

「もしもし、お願いがあるんだけど」

ヒュー、パンッ。河原の方から破裂音がした。誰かが花火を上げたのだ。

そちらを見上げるとまた乾いたその音がして、土手の向こうに高く舞うオレンジ色の火花が散りぢりに夜空へ吸い込まれていった。


翌朝の草には、誰も気づかなかった。

いつも回覧板を持ってゆく隣家の主婦が庭を掃いていた。第二駐車場を貸してくれている幸子(さちこ)とは、道ですれ違った。眼前の十字路を制服姿で駆け抜けていった渡辺聖に至っては、首にゆるく結んだ臙脂色のリボンをなびかせ、手を伸ばせばその肩に触れることができそうなほど近かった。だが、それでも誰も草に気づくことはなかった。

やがて通勤通学の忙(せわ)しい時間帯が終わり、住宅街の道には人影がほぼなくなった。車の往来もまばらだ。

塗装の緑色が薄れた旧スクールゾーンの歩道を行き、百々路宅に立ち寄る。郵便受けには、投げ込みのチラシなどが詰め込まれていた。インターホンを押し、電話をかけてみたものの、機械類が鳴ったふうもなく静まり返っていて応答はない。

河原へ下りても、誰もいない。

焚き火の跡があり、白鷺が一羽、ごつごつした流木のうねる根に止まって川面をじっと見つめ、ロープで流木につながれている白っぽいバケツは乾いた砂の上に伏せて置いてあった。草は、それらを眺められる低い石に腰を下ろした。

おかしな朝、とこぼした独り言は、川音にまぎれ、自分でも声を発したのかどうか怪しく感じた。もしかしたら、言ったつもりになっただけだったのだろうか。

クラクションが国道から響きわたり、鳥の群れが市街地の緑豊かな公園の辺りから丘陵方向へと飛んでゆく。微風が冷たい。いつもの草からすれば、だいぶ遅い河原の朝だ。

二十分ほど過ぎただろうか。

男が土手から現れた。モスグリーンの野球帽に黒いコート、手にはバケツ。圭一である。

彼は、やはり草に気づかない。バケツのツルを腕に通し、両手をコートのポケットに突っ込んで焚き火の跡の周囲を見てまわり、灰の中を覗き込み、ついには燃え残った枝を靴の先で崩し始めた。

「おはよう」

やや川下にいた草へ、圭一は怪訝な顔を向けてきた。これでしょう、と草は右手を差し出した。持っていたのは、昨夜ジョギング途中のような格好の男が呼び止めて渡してくれたフキダシメモだ。拾ったらしき火の番の男が、しゃがんだまま草に顔を向けて一つうなずいたのだった。

近づいてきた圭一は端の焦げたフキダシメモを受け取り、あなたは誰だという表情を草に向け続けている。

「裏は、純子さんから」

圭一は裏返し、うけいれて、の文字を見つめた。見上げる草には、たすけて、の文字が見える。「た」の側が少々焼け、メモ用紙は虫に食われた葉のようだ。火の番の男のものか、黒い指跡もついている。

圭一は少ししてから草の顔をあらためて覗き込み、ああ、とため息まじりに言った。

草もつばのある釣鐘形の帽子を外してから、あらためて自分の格好を見てみた。スポーツウエアの上下に、めったに履かないスリッポン。腕と脚の脇に白い線の入った、ややくすみかげんのライラック色のスポーツウエアの下には、首まであたたかいトレーナーに厚手のタイツまで着込んできた。靴以外は、由紀乃からの借りものだ。蝙蝠傘を持たず、着物姿でもない老婆は、どう見ても小蔵屋の杉浦草には見えない。

「引っかけだ」

「着物のばあさんを見たら、近寄ってこないでしょ」

圭一が口角を片方だけ引き上げる。

「捜しに来るくらいなら、放しなさんな」

真顔になった圭一は再びフキダシメモの、うけいれて、を見つめ、それから川の方を見やった。

護岸の整備された対岸。その上方の国道。長野方面へ向かう車の流れ。落ち合いのある上流。ゴルフ場や自動車教習所のある辺り。長い橋。町を見下ろす観音像の立つ丘陵。川幅が広がってゆ

く川下。そういったものを大きく身体をひねって眺め、

「どこにいるのか、わからない」

と、つぶやいたのだった。

その言葉に、草は胸を突かれた。兄と妹まで亡くした戦中。破綻した結婚生活の終わり。息子の死を受け入れられなかった日々。やはり、当時はどこにいるのかわからなくなっていた。何をし、何を見ても、出口のない暗がりのようだった。

「抜け出したら、どこにいたのかわかるわよ」

自分の言葉に、あらためて教えられる。暗がりにとどまっていては呑み込まれる。きしむ心身をあえて動かし、別の場所へ、別の時間へと踏み出さなくては。

ねえ、と草は声をかけ、圭一の視線をとらえた。

「ともかく前へ歩くの。歩けると信じてね」

圭一は逃げなかった。二重の大きめの目に静かな光をたたえ、まっすぐ見返してくる。

鍵は純子さんに返したから、と草は言い、立ち上がろうとした。帰るつもりだった。

だが、腰かけていた石が低く、しばらく動かずにいたものだから身体も固まったようになり、まごついた。膝に手をついてもうまく立てず、腰が上がりきらない。

さらに立とうとしたその時、目の前に、手が差し伸べられた。

かさついた手の人差し指が、ほんの少し黒く汚れている。端が焦げたフキダシメモのせいだろうか。草は、その手に触れ、そうしてしっかりと握った。あたたかい。束の間、手と手の境がな

くなったかのようだった。彼のあたたかさが自分へ、自分の冷たさが彼へと流れ込み、恐れやわだかまりがとけてゆくのを感じた。二度とこんなことは起こらないし、ともに過ごす機会も最後とわかっていながら、命あるうちに何回か思い出す瞬間となることも、すでにわかっていた。にこやかに語る気にはなれない、苦みをともなう記憶になるだろうことも。好ましいとは言い難い相手に対する穏やかな心情が、圭一の瞳にも映し出されていた。引き上げる力は強かった。

復旧した時は感動したのにねえ、と草が横から水を出してやると、泡だらけのスポンジをもった久実が笑う。

「ほんと、なんでも慣れちゃいますよね」

水道水がふんだんに流しの洗い桶へと落ち、試飲の器を沈め、洗剤の泡を流してゆく。断水騒ぎも十日、二十日と過ぎてしまえば、右往左往した記憶が薄らぎ、これが当り前になる。危ういことだが、だからこそ生きてゆけるとも言える。

小雨の一日となり、どうも今出ていった二人連れが最後の客になりそうだった。

草は頭にのせていた老眼鏡をかけ、固定電話の留守電を再生してみる。

「えーとですね、どこまで会の者です。これから温泉を出まして小蔵屋さんへタクシーで伺います。……タクシー来た？　まだ呼んだとこ？　えっ？　……すみません、まだ三十分くらいかかるかもしれません。それでは、決めてあった商品のほう、ご用意よろし――」

録音は時間切れとなり、金曜午前十時八分と自動音声が締めくくる。断水最終日のことだ。その頃、草は由紀乃宅で着替え、河原での出来事を話していたのだった。

「それ、まだ残してあるんですか」

「なんとなくね」

どこまで会の人からは、これきりだった。控えてあった電話番号にかけてもみたが、どうしたことか、おかけになった番号は現在使われておりません、との応答だった。どこまで会の件を、最も目にするカウンター内の置き形カレンダーにだけなぜか書き込んでおらず、他のことに追われるうちに、大切な接客をおろそかにしてしまったのだった。

「この電話番号が載っていれば住所がわかると思ったけど……紅雲町じゃなさそうね」

草は眺めていた左肩綴じの書類を投げ出した。それを見た久実が目を丸くした。

「やだ。それって、町会長さんに返した名簿じゃないですか」

「こっちはコピー。返す直前に丸ごととったの。町会長さんの顔が立てば済む話だったから」

久実がきょとんとし、一ノ瀬は声を立てて笑い、ワルだなあ、と運送屋の寺田がちゃかす。

「そういうことを言ってると……」

今破かんとばかりに、草は小料理屋の試食会招待状に両手をかけた。流しにいる久実、カウンター席に座るスーツ姿の一ノ瀬、休みで普段着の寺田が一斉に待ったをかける。由紀乃さんごちそうさまです、と寺田が丘陵の方向へ声を張る。小蔵屋に笑いが満ちる。昨日から風邪気味の由紀乃が、代わりに寺田さんを、と譲ったのだ。小料理屋の店主は、草が伝えるまでもなく、内装業者の協力によってシャイン化学と塗り直し費用の話がつき上機嫌だった。

笑いをおさめた寺田が、これいいなあ、と手元の雑誌に目を落とす。

見開きには、秋の丘陵の水彩画とエッセイ。作者はカワバタトハだ。一ノ瀬が駅で買った雑誌に載っていた。


不仲な両親のもと、鍵っ子として育った彼女には、楽しい思い出といえば、父が冬の初めに出して家族で囲んだ「魔法のランプみたいなメーカーのストーブ」、それから年の離れた兄が初任給で買ってくれた外国製の豪華な水彩絵の具しかない。そう信じてきたが、実は違った。小学生だった兄がキットを組み立てて作ったラジオに家族全員で耳を澄ませ、遥か彼方から聞こえてくるような雑音まじりの歌声に聞き入ったことがあったと、老母から先日知らされた。老母はその軽快な曲を鼻歌で歌いもした。「フライ・ミー・トゥー・ザ・ムーン、私を月に連れてって。ラブソングだった」ことにも彼女は面食らった。おかげで、長年アトリエで聞いているラジオやこの曲を含むボサノバ調のカバーCDが、単に好みなのか、忘れた記憶の仕業なのか、わからなくなってきたという。エッセイはこう締めくくられた。「『驚きだなあ』齢八十の義父がうれしくても哀しくてもつぶやく口癖を、私は今になって噛みしめている」。文中では、義父は今も存命だ。


寺田が、そっと雑誌を閉じた。

「圭一さんは、いつ発つんです？」

「明日みたい」

「この記事。因縁を感じますね」

その雑誌には、『シャイン化学、帝国崩壊の予兆』という記事が大見出しで載っていた。与党幹部への不正献金疑惑に端を発し、工場用地取得をめぐる裏金、株価操作目的の粉飾決算等々、現経営陣を揺るがす根深い問題が噴出し始めている。因縁というより、意図的なものを草は感じた。エッセイを依頼した側は防火塗料問題の情報を摑んでおり、そのうえでカワバタトハに仕事を依頼してきた、と思うのは考えすぎだろうか。

昼間立ち寄った十和が、母は数日のうちに退院、ヘルパー等のサービスを利用して自宅での生活を再開する予定で、兄は大学の恩師を頼り関西に仕事を得たと報告していった。純子は当初施設へ入るつもりだったが、施設が決まるより早く、圭一が職を見つけたのだそうだ。八年前に断った、恩師の親戚筋の企業で、土壌や水質の化学分析業務にまた募集があったのだという。給料は並以下だが、静かな環境と九時五時の単調な仕事が今の自分には合っているからと即決したらしい。

十和が少し間を置いてから、無理ですなんて言ってしまって、と三和土へ目を落とした。何の話か草はすぐに理解した。引きこもっていた圭一のことについてできるだけ働きかけてみると言った際、おそらく無理だと十和が答えたそのことだった。たまたまよ、どうにか今回はかみ合った、それだけ、と草は応じた。それ以外あり得なかった。どこへ行くにも重い鞄を持ち歩いてきた妹、無数のフキダシメモの要求にひたすら応じてきた母の長い歳月を思えば、自分のしたことなど扉を叩いてみた程度の話に過ぎない。

兄は会社で失望して知ったんだと思います、とも十和は言った。不当なら行動すればよかったんだと、できなかったけれど心の奥底では強くそう望んでいたんだと。周囲にも、自分自身にも。

その時ちょうど銀行へ行くところだった草は、百々路宅まで一緒に歩き、何年かぶりに実家へ足を踏み入れる十和の第一声を聞くことになった。

——お兄さーん、車の鍵ある？

——棚の上だ。

幾年も会わず、何日か前からメールでやりとりしていただけの兄妹のはずなのに、何事もなかったかのようだった。

「さてと」

名簿のコピーを片づけた草は、ガラス戸を開けて表へ出てみた。

雨は上がり、明るい夜空に羊雲が広がっていた。おとなしく並んでいるようでいて、よく見ればいろいろだ。はみ出して離れようとするもの、大きな塊になろうとしているもの、吠えて飛びかかろうとする獣に見えるものもある。

月を探すうち、草は一人歩きたくなった。一足先に出て由紀乃宅へ寄るからと久実にあとを頼み、大判のショールと蝙蝠傘を持って出かけた。外灯の明かりが、濡れたアスファルトや向かいの屋根を光らせている。

部活帰りか、紅雲中の少女たちがおしゃべりしながら、店前の道を橋の方へと歩いてゆく。次の校長、まともかな。あいつ、どこへ行くの？　来られた学校、たまんないね。あー、おなかぺこぺこ。三人のうちの誰が何を言ったものか、草にはよくわからない。どの子も、めくった体操着をスカートの裾から覗かせている。校則が厳しくなってから、しばらく見られなかった着方だっていた。近頃客の間から、来春には紅雲中に穏当な校長が赴任するとの噂が聞かれるようになっていた。

草は道に立ち、小蔵屋を振り返った。あたたかな色の明かりの中で、カウンターを囲む三人が笑っていた。久実からこの冬の休暇を相談されている。子供スキー教室のコーチとして県北のスキー場へ何回か行きたいのだそうだ。一ノ瀬は、先を越されました、と笑っていた。久実は彼を自由にするために、自らが自由に生きる道を選んだらしい。

振り返った目に映る光景は、過ごした場所であり、残してゆく未来でもあった。

草は前を向き、再び歩み始める。今の自分にふさわしい速度で一歩、また一歩と。初冬だが、歩くのもよい晩だ。吸いつくように湿った夜気に、家々の夕飯のにおいがする。どこからか石鹼の香りもして、湯気と鼻歌が漂う。

吉永南央（よしなが・なお）
一九六四年、埼玉県生まれ。群馬県立女子大学卒業。二〇〇四年、「紅雲町のお草」でオール讀物推理小説新人賞を受賞。〇八年、同作を含む『紅雲町ものがたり』（文庫化に際し『萩を揺らす雨』に改題）で単行本デビュー。以降、「紅雲町珈琲屋こよみ」はシリーズ化して人気を博す。
他の著書に『オリーブ』などがある。

月夜の羊　紅雲町珈琲屋こよみ

二〇二一年十月十日　第一刷発行

著　者　吉永南央
発行者　大川繁樹
発行所　株式会社　文藝春秋
〒一〇二―八〇〇八
東京都千代田区紀尾井町三―二三
電話　〇三―三二六五―一二一一
印刷所　萩原印刷
製本所　加藤製本

万一、落丁・乱丁の場合は送料当方負担でお取替えいたします。小社製作部宛、お送り下さい。定価はカバーに表示してあります。

ISBN978-4-16-391443-5